风吹草低

中国作家协会
少数民族作家重点扶持作品

娜仁琪琪格　著

长江出版传媒
长江文艺出版社

时间为过往收存了记忆

娜仁琪琪格

《风吹草低》中每一首诗歌所承载的都是我的脚步所致之地带来的感知、思绪，那些强烈的碰撞、凝视、对话，情感的波澜抑或宁静、空寂、落寞、微妙的感触都融入了诗行，我在整理这些诗作的过程中，它们又带着我重新经历了一次，一切都变得恍惚、迷离又是那么清澈、真切。

当这些诗歌集结在一起以一本诗集的形式出现，这是对大自然的礼敬，对山河的礼敬，对生于斯长于斯的大地的礼敬，对太阳、月亮、朝夕涌动的海洋、每一株植物上的露珠以及细小的茸毛的礼敬。是的，是对自然万物致以的崇敬与感恩，对每一次呼吸的感恩。

我一直认为，诗人就是行走在天地之间的使者，就是在神与人之间不断搭建桥梁的那个人，他们有着人神共有的特质，以敏感、超验、精微，甚至是幽冥的感知力来体察、洞悉、感受一切，而后传递着彼此的信息。

我无法认同，一个不相信万物有灵，不对大自然、天地万物抱有敬畏之心的人，会是一位好诗人。纵使他写着分行的文字，做着与诗歌相关的工作，也不是一个真正意义上的诗人。只有真正地打通了与自然万物的关联，有着敏锐的感知力、洞察力，有物我同体的强大的感应力，又能以幽微的气息准确地表达出来的人，才可能成为真正意义上的诗人。所以说，每个诗人一定是通灵者，每个通灵者必然是在天地万物间获得了强大的信息与能量。只有存在着这些必然的关联，才可能很好地去担负、行使一个诗人的职责。

那么，一个诗人定然会写下自然山水之诗，因为诗人的职责就是代万物言说。从古到今，从西方到东方，都是如此。在时光汇聚的河流中，那些站在岁月光芒中的诗人，甚至包括所有的艺术家，哪一位不是借助着自然山河、宇宙万物的伟力成全了自己，而后又光照了千秋万代？

每个人都是自然中人，我曾在一篇文章中写道："是的，有什么美能大过自然的美？有什么丰富能大过自然的丰富？有什么想象力能超越于大自然的伟力？所以，我臣服于自然，敬仰自然，我拜大自然为师。是的，我是渺小的，微不足道的，之于海洋，我只是一滴水；之于草原，我只是一株草；之于沙漠，我只是一粒沙；之于尘世，我终究会化为一粒粉尘。"

我们每个人都是大自然的孩子，都寄身在她的襁褓之中，永不可脱离。而作为诗人，深得自然之神的宠爱与眷顾，我们就是她的歌者，我们用诗歌表达万物有灵，也是用诗歌表达人类永恒的眷念与情怀。

这些年我走过了很多地方，在一次又一次的抵达中，被出现在眼前的事物、景象感动着，要说出的总是：感恩诗歌让我们相逢，感恩诗歌所提供的无限的可能。

我还是要说，感恩诗歌提供了途径，让我这个一出生就向着远方行走的人，一次次得以回归，得以带着渴望、思念、怅惘、忧伤、喜悦回到我血缘的故乡。作为一个蒙古族人，草原、内蒙古会是我一生抒写的主题。一个被放逐天涯的人的生命意义，正是历经沧桑后更深地眷念，在一次又一次的回首中不断回归。行走草原与历史碰撞对接，与草原上的万物生灵共呼吸，替它们言说，表达自然的情怀，呼吁热爱自然、保护自然、维护自然世界的生态平衡，这是一个诗人的天命与职责，更是一个蒙古族诗人的自然情怀。草原文化在中华文明形成、发展的历史进程中，始终是中华文明的重要组成部分，并为中华文明的演进做出了重要的历史贡献。一部草原文化史本身就是一部多民族相互依存、相互交融、共同繁荣、携手进步的历史。"风吹草低"是近些年来我回归草原、回归内蒙古后写下的文字，情之所致，唯有诗歌能抒怀。

感恩诗歌提供途径，让我一次又一次走向远方。祖国大地何其辽阔，又是何其壮美，何其精妙。我是呼应着历史、呼应着时代以及自然万物的召唤而出发，而抵达，在相聚、汇合的澎湃撞击中产生火花、光焰，而后那些汹涌的语言洪流来到生命的出口撞击着堤岸，有些是倾泻而出，有些是化作了涓涓细流。这些百转千回而又是自然而然的来到，成全了"万物汇集""眺望怀古"的写作表达。我是何其有幸啊，生活在这样一个和平、美好时代，又被选中成为一个传递心音、信息的使者。是啊，我就在其中，用我的生命感受了时代、社会以及自然万物的波澜壮阔、纤柔微妙。当我行至苍茫、壮阔的西部高原，在河西走廊行走，眺望远古的丝绸之路；当我行至南海，聚焦、凝眸海上丝绸之路，无不为之感动、为之喜悦、为之涌动起生命的波澜。明朝著名书画家董其昌《画旨》中有言："画家六法，一曰'气韵生动'。'气韵'不可学，此生而知之，自然天授。然亦有学得处，读万卷书，行万里路，胸中脱去尘浊，自然丘壑内营。成立郛郭，随手写去，皆为山水传神。"艺术是相通的，这些话自然可以用于诗歌，我不敢说我已经做到了"随手写去，皆为山水传神"，我愿以此勉励自己、激励自己。

时光缓慢，却也湍急，一切都将成为历史。风吹草低，时间为过往收存了宝贵的记忆。

那些过去的，已经成为了永恒；那些未来的，终将到来。

目
录
contents

风吹草低

万物汇集

眺望怀古

风吹草低

有谁能理解，一个被放逐天涯的人
她的全部情感。一出生就向远方行走，走出了草原
丢失了母语。而她的血液、她的身体
装满的是草原的种子

我总是在母语的暖流里，泪流满面

我想说出的远远不是这些
当我语塞，当我闭紧双眼，当我颤栗着用手
压住心房
是在用力抵御着汹涌的浪潮
它们拍打着、冲击着生命的堤岸

有谁能理解，一个被放逐天涯的人
她的全部情感。一出生就向远方行走，走出了草原
丢失了母语。而她的血液，她的身体
装满的是草原的种子

马头琴、陶布秀尔、悠扬的长调 托布秀尔
你们用母语朗诵的诗歌，那些母语的暖流
那手势、眼神
都是袭来的风、飘洒的雨。
我身体中的种子，呼呼地长出了
青草、花香、牛羊，渊源绵亘的历史

——苍茫、辽阔、风吹草低
万马奔腾——
又是多么孤独，多么忧伤

晨光，扎鲁特草原

沐浴了草原的第一缕晨光，当我悄悄地
推开蒙古包的小木门那一刻，出生的太阳在山峦之后
正探出四分之一的头部。而那血脉偾张的光焰
神秘、瑰丽，染红了天边的流云

我拧开水管，用清凉的水轻轻地拍打着面颊
仿佛把晨光、清澈、世界的温软
都拍打进皮肤。
转身回到蒙古包，轻轻掩上小木门
唯恐惊扰了还沉在梦乡的人

阳光在木门的缝隙，把明亮、红艳投射给我
我说：请等一等，我要让自己的干净、清爽
配得上草原的清晨。
再次推开木门，太阳已脱离了高山
发出白炙的光

我在草原上疾走、奔跑，似乎在追赶着时光
我在青草、花香微漾中奔跑，要到青草
百花更深处，山峦更高处。
我要陷得更深，眺望得更远。

有人送来花环，那粉红、翠兰、洁白的小花
就在我的头顶、手上摇曳起芬芳。
在晨光中，我成为提花行走的草原上的女神
这手中的花环，一经触摸过就收存了恒久的清香

骤然起念，要以舞蹈回敬草原万物生灵的馈赠
语言实在苍白乏力，我要用上飞转的旋律、曼妙的舒缓
我要在晨光的孵育中，与昨日的黄昏、夜幕的垂落
应对、唱和。我要用我长长的红丝巾
呈现阳光的水流，清透、淡薄与浓烈

起舞。我这一生把从天庭带来的舞姿
唯献给草原，献给自然。
我起舞，在晨光里、天地间
席卷着花香，推涌着风声——

草原月色美

蒙古包里美酒佳肴，是浓得化不开的情感
是悠扬的歌声，窃窃的私语
一轮硕大的月亮，就站在包外。它站的高度
总是让人产生错觉

这枚肥美的月亮，把遥不可及的天涯带到眼前
它盈盈的笑，把天庭的光，清澈澈地洒入每个人的心房
今夜月色美。一块石头，一截木头
都在发光

站在月夜伸手想摘到月亮的人
站在月夜伸手将月亮托举的人
举起相机按动快门，急于把月亮
及它所带来的光华，收入永恒的人
已是被草原的月亮征服、迷醉，收入了它的香囊

发现自己的那匹马

细雨沐浴后的珠日河草原　花香流溢
湿漉漉的哲里木赛马场　水汽蔓延
潮湿收起了氢气球的翅膀

在观礼台　终于等来了那一刻
礼炮燃起　缤纷绚丽的烟花
拉开万马奔腾的序幕　当号令响起
风涌而出的骏马　每一个都是离弦的箭
骑手们不是端坐于马上　而是飞身跃起
勒紧马缰　在马背上表演风驰电掣的绝技

我等待的　正是这热血沸腾
在飞奔的马蹄　狂飙的英姿里
望过去　已是尘烟飞腾的历史
我的祖先横跨欧亚大陆的雄姿　气吞山河
我的血液中养着一匹海青马
经常在梦幻中放任它　云天万里　采集月光

在哲里木赛马场　我放任它是一支离弦的箭
在彪悍的队伍中　所向披靡
采来草原最耀眼　最明媚　香气亦淡亦浓的花束

在哲里木赛马场　每个人找到了自己的那匹马
追逐的目光　发现了它　认领了它
并奖赏了它——

被月光牵引

那一夜　我们是被月光牵引　走出蒙古包
被夜色放牧　走走停停　在寂静与空阔里
无法辨识白天走过的路
已无所畏惧　在坦坦荡荡草原的胸怀里
我们也不过是几根草木

月愈发明亮　向着高地走去
我觉得她是站在苍茫隐约的山上　注视我们
只要我向前走　就会离她更近
请不要笑我愚痴　并请跟上我的脚步

天地阔大辽远　我们开始舒广袖　旋转歌舞
掬几缕月光　仰头饮下　这比美酒还醉人的甘醇
长生天啊　草原大地的神灵　以无边的幽冥　神秘
馈赠出祥和　吉瑞
每一次倾听　都是醍醐灌顶
每一次凝神　都跨越了时空

我们先是跪拜了长生天　又跪拜了草原上的诸神
请原谅我们的造访　请原谅我们的冒昧
请原谅我们的舒放　请原谅我们的碎碎念

月光女神啊　你所举起的灯盏　照亮的是
从人间到天堂的路径

此时　我们和月光女神站在一起
我们就站在神山的腰峦　听任庞大的寂静
把我们包裹　听无边的晦暝悄悄地行走
我们在天堂回望人间　点点星火　夜色阑珊
倏忽间　芳香扑了我满怀　又迅速弥漫

从天堂往人间行走　草深了起来　草已长高几尺
夜露浓重打湿了我的裙摆
我们回头　起雾了
起伏的山脉　升高的草木　隐约的事物
我们刚刚站立过的地方　已被浓雾收藏

雨后，扎鲁特草原

天空止住漫延无边的细雨
天气预报的中雨、暴雨，都未到来
我一路祈祷，在乌云中凝重的那颗心
骤然舒展——
扎鲁特草原，连绵的辽阔
捧献出顶着露珠的花草，清香弥漫
迎了满怀

刚刚迈进草原，有的人就被那柔软、细碎的美
牵住了心魂。再也拔不动脚步
辗转反侧地拍照。有些人跑去欣赏他们想象了很久的
草原的骏马、牛羊
它们在辽阔的草原的身影，实在恬静、优美
母牛舔舐着小牛，多么温馨

而我的心已经飞上了，高山顶上的敖包
五彩的经幡，在向我招手，我听到了
远远的呼唤——
水汽携带着草原强大的信息
向我袭来，我是一个
急于扑向父母怀抱的孩子

寂静、空阔，我一个人向远方行走
在青草更深处，把红色的丝巾披在了
勒勒车上，双膝跪下
敬拜长生天，敬拜草原上的诸神

在扎鲁特草原　祭拜敖包

我的血液在奔涌　它们试图先于我的身躯

一如　风先于哒哒的马蹄　花香先于月光的洗礼

朵云先于一场豪雨

在起伏的辽远　在群峦的高岗

在苍茫的天空下　经幡　苏鲁锭

我风吹草低的故乡啊

在众神居住的敖包　我的神思先于我抵达

我是那风尖上的小草　拥着花海

拥着天籁颂咏的歌谣　拥着云霞的华彩

奔向你　这低缓　这连绵　这不动声色

倾覆的美　我的脚步停不下来

我潮涌的思绪　有些纷乱

抱紧的眷念　已是疾飞的鸟阵

我要是静默的　我要是庄重的　我要忍住涌上来的泪水

我要是从容的　我要像我的祖先一样

先压上石块　敬献哈达

跪下来祭拜　然后起身　双手合十

慢慢地转　从左到右　慢慢地　慢慢地

我便与你融在了一起　与天地融在了一起

远山装着巨大的神秘

草原之上是墨绿的丛林，而后就是连绵的山峦
一个人走向海日罕，浓郁低矮的灌木
向我交出了神秘。咻咻的小兽的喘息
近在咫尺

静默着坐下来，便触摸到了柔软的绒毛
漫卷的云遮住烈日，将天空压低
此时，我是离天庭最近的人，此时凡尘远离了我
纷扰远离了我，我只管静默着望向天际
瞬息万变的瑰丽，屏住了我的呼吸

啊！再没有什么可纷扰我，撼动我
在扎鲁特草原，在连绵的山岭，在草原与丛林的结合处
我把自己坐成了一株花红，坐成寂静中的寂静
阳光镂隙的瀑布，沐浴了我
淹没了我

黄昏，扎鲁特草原

一弯新月升上了天空，辽远的草原
收拢着翅膀，夜的羽翼由透明到
凝重。而天边的红霞，给起伏的山峦压着韵脚
光，迅速稀薄
在草地中静坐，享用寂静，幽冥的我
身体中充盈着暗涌的波涛

起身，抖动开长长的丝巾
抛出一道红云，轻扬、流转，急速地飞旋
微风袭动，羽衣翩然，流水婉转
转身一笑，拉下天地的夜幕

——那女子
是我，亦不是我

画卷，科尔沁草原

这一世就是为美而来
几十年习练的词语，是我的兵书战策
无非，就是掌握一门好手艺，那些词语都是我熟稔的兵
与我默契，听我调遣。

发现美，收存美，歌咏美
呵护美，这嗜好、眷念，久而久之
成了使命，长在我的身上。
科尔沁，我再次来到，是听命于美神的呼唤

从原始森林大清沟的幽深、静谧，到山地
扎鲁特草原的神秘、阔大
从双合尔山动人心魄的落日壮丽，辗转到
宝古图沙漠的辽远、震撼
强大的信息冲撞而来，激荡着我的生命
大自然展动着画卷，呈现在我的面前
奔涌到表达出口的，不再仅是狂澜席卷的词语
还有色彩、光影、明暗

于是，我举起画笔，调动着身上的能量
触摸着阳光、水流、花草、山峦、云霞

那些美，在画板上描摹、点燃、拉动
呈现——
哦，我正习练的搬运术

——阳光流淌，花香飘逸的科尔沁草原
携着雨水、露珠
流转的风云
溢出我的体香、气质

"是的，请继续，这就是不可复制的个体生命的气息"
谁在我的耳畔说？

珠日河草原，所有的草尖都挂着水珠

从达尔罕王府到珠日河草原，是一场微雨，接着一场微雨
一阵花香，接着一阵花香的距离
前夜，我用苍宇、穹庐、飞渡的云海、一枚硕大的月亮
以及整个孝庄园的寂静，丈量了一次又一次
清晨，告别小木屋。静默在小木屋前面的秋千、摇椅
我还没来得及坐过，告别小草、花儿
站在神树下，和来自内蒙古其他地区的姐妹们合影
这一去，又是经年

珠日河草原，所有的草尖都挂着水珠
闪动日月华光的海，汪洋的花香，我不能为你们停下来
奔向哲里木赛马场，已急不可待
我看见奔涌而来的人群不是人群，是纵横的支脉

我的马队就在这里，我的族人就在这里
彪悍的、威武的、英俊的，都在那里
身着节日的盛装。我多想亲近他们
就像我想亲近每一株小草、每一朵小花
可是，我的脚步停不下来
我担心，走失了队伍，走丢了某一个谁
我回来，已不是我一个人回来

星光璀璨的扎鲁特草原

这样的夜晚，怎能早早地睡去
在青草蔓延的小径上行走
深一脚、浅一脚
昏暗，增长了青草的深。
我想喊出每一个人
"嗨，嗨，嗨……
不要荒废了这样美妙的夜晚，这用心的安排"

星星已布满天空，明亮璀璨，如宝石
镶嵌在穹庐。我扬起头看到七星北斗
看到银河清澈地流过头顶
那刚刚相会过的牛郎织女
再次回到眺望中凝眸

我和三色堇，借着月色星光向山上行走
迎着在远处的应答，我们首先听到了燎原豪放的笑
李南的笑，更多人的说笑之声
远方向呼喊的我们，打出光亮
他们在山半腰的凉亭中
真是人多力量大，幽冥深重的夜
并不可怕

在凉亭中或坐或立，感受夜色的幽冥，仰望满天的繁星
这一切并不够。起身向更高处行走
向着隐约的敖包，月亮在前边带路
群星举着灯盏，每个人都挑战着心中的胆怯
对抗着恐惧，与从远方压迫过来的强大黑暗的山体
万物涌动的气息——
而我知道，草原上的诸神良善，我们会得到护佑

勇敢而真挚的人们登山了山顶，再次抵达敖包
那弯领路的月儿，完成了使命，隐没于
沉实、起伏的山峦。
来到的人，都得到了神示
绕着敖包转，默念，颂咏，领受了神谕

站在这里，举手便可触摸星辰，倾听过天语的人
返回尘世，身体中携带了无限的能量

一轮红日喷薄而出

阳光突破云层，跳出了八万里云海
天光骤然豁亮。层峦叠嶂的远山
青草翻卷绿茵，刹那间染上了金黄
我在这金黄的光束里，捧起一缕阳光

在海日罕，我把自己静坐成一棵草
望向万象奔涌的天光，草原的色调被一再改写
在云的鳞隙，涂抹明暗
那些阴影勾勒出晦暝、神秘

久久地，久久地不肯离去
我在等待某种还没到来的相逢？
已是近在咫尺，仿佛听见了它的声音
一切又是那么滞重

当一轮红日喷薄而出，万道光芒倾泻
我的生命豁然亮起，囚禁在身体中的波澜
犴奔而出，汇入明亮得有些耀眼的天光
那一刻，我是草原大地上
最幸福的孩子
被万缕阳光照耀、洗礼，被风涌的花香簇拥

一身红装的我，披起红色的大氅走下海日罕
停在花海边静坐，当我再一次疾走如风
长生天，我已获得远行的能量……

在宝古图沙漠

是流动的海，凝固的时间，是永恒的静止，突然的
惊起，有风来它就黄沙漫天
我们穿过了辽远的牧场，绿茵起伏，穿过了老哈河的
波光旖旎

在宝古图沙漠，先是越野大卡车载行冲浪
它是沙漠上的渡轮，也是勇武的猛牛
把我们带上了沙海浪尖，又骤然降入了谷底。
一次又一次地尖叫，欢呼，我们向它交出了沉积的
压抑，也交出了狂澜
至腹地，已是彻底交出了一个孩子的小
获得了轻柔、舒缓、辽远。获得了
广阔，就获得了母腹的安全

我们每个人都是赤足的儿童，也是光脚大仙
所有的戒备都已放下，滑沙，眺望
骑骆驼的听驼铃，弄远影。演绎戏剧，也装点画面
点染沙海的恢弘
先是静卧了下去，想贴在绵软的腹壁轻轻地呼吸
微合双眼，领受阳光透过云层轻抚的温情
把自己慢慢化入八百里瀚海。成为一粒沙、一株小草

一束光，什么都好

先是我的姐妹把我叫起，我们在流波起伏中
行走，跳跃，我们拿出手机拍下了彼此
我从另一个姐妹手中取回了我的红丝巾
我要让它在金黄的沙海旌旗飘荡，也让它在我的头上
包裹出妩媚妖娆
我的兄弟扛着长枪与短炮向我走来，他指向
阳光与阴影的分水岭，首先让我在一根小草旁坐下来
把脸轻轻挨了过去。而后我沿着分水岭的曲线上前走
他手中的快门咔咔咔地闪动，那一刻
又嵌入了时光的永恒

宝古图沙漠，这曾经的古战场
突然浮现的海市蜃楼
也会投射远古的恢宏。那株康熙种下的小叶朴
在古树沧桑中讲述历史。而我们的到来
在鸣沙飞响的停顿里，获得了一场欢愉
这是腾格里敞开宽大胸怀的给予
薄云将烈日轻轻遮挡，倾注以无限的温存
让我们在突然的停顿中不舍离开

菊丽玛，请允许我在泪眼中回望大青沟

我先是在一朵飞奔的云朵中，认出了雪花马
然后，就是万千朵白云，万千匹雪花马

美丽的菊丽玛，我的眼泪奔涌而出的时候
你微笑着看着我
你是骑着雪花马，疾驰而来
又把它指派给了我

一个人的眼泪默默涌出的时候
就是积聚到了出口，一个人的眼泪流出的时候
是看到了至亲的人，美丽的菊丽玛
允许我哭，允许我心底翻起酸楚，隐隐地疼
允许我在泪眼中，回望大青沟
——我们的冲忽乐
八百里旱海，三百里草原，横卧在
哲里木盟南部的原野上

我来时，白云飞渡，天空湛蓝
沿木质的栈道逐级而下，便进入了林海
浓郁的绿荫搭起了凉棚
我在这里缓缓地走，沁凉渗入每一寸肌肤

沁凉在阳光的罅隙，在古木的遒劲沧桑中伸出
枝蔓、浅溪

美丽的菊丽玛，在冲忽乐，就是在无处不在的你中
行走，那些鸟鸣、花开是你的
那些水流的清澈是你的，那些跃动的音符是你的
我没来得及到达，浩荡着碧波潋滟的小青湖是你的
"沙漠绿洲""沙海明珠"
这样的描述是不够的
挥手道别，我不是作别大青沟的蓊郁葱茏
也不是天空中奔涌而来，低垂而下的云朵

美丽的菊丽玛，那些暗流、隐喻都在路上
随同我在科尔沁，慢慢就浮了出来
正如那落日、晚霞，给出的瑰丽、惊心动魄之后
乌云、沙尘暴，突然袭来
骤雨，淋湿了每一个远来的客人

注：冲忽乐，在科尔沁草原有一条大青沟，被蒙古人称作冲忽
乐。

在孝庄园，我喊布木布泰

风云涌动，一个在史册里彪炳千秋的女子
我所膜拜的不是荣华，不是富贵，不是至高无上的威仪

大多女人的美丽，用来千娇百媚、仪态万方
绝顶的美，也不过用来倾国倾城、闭月羞花
还有更多妖冶的美，是用来惑乱人心、祸起萧墙
而您的美是用来装下日月乾坤、定国安邦

再也不能用美来描述您，那些形容女人美艳的词
不是太轻，就是太俗
功助三朝，辅佐两代幼主，奠定康乾盛世的智慧女神
有处变不惊的气度

一直都站在后面，在夫君的后面，在儿子的后面
在孙子的后面。大局为重，大局在先

历史上还有哪个女子如您一样
从科尔沁走出去的布木布泰
那个十三岁幼小的女孩儿，一走
就走进了历史的风云，走成了大清国的国母
—— 孝庄皇后，谜一样的女子

之于我，您是那么遥远，我的敬仰是小草
望向苍穹的星斗
我也是草原的女儿，一出生就背离草原向着远方行走
宿命中装下了无尽的乡愁
我的生命里也有日月山河、白云舒卷、青草与花香
有草原的风声，马头琴的忧伤，走得越远时间越长
生命的血液越是向着草原奔涌

而今，我以一个诗人的名誉回归，或许
这就是远行的意义
我一到来，就抵达了您出生的府邸
布木布泰，我这样叫您
是一个蒙古族女儿叫着另一个蒙古族女儿

远离尘世的地方，与神灵最近

轻软、温暖，双脚踩上去舒服得惬意
米黄、洁净的沙粒堆积出的暖床，轻软抖动出的辽阔
起伏。断崖、沟壑，都给出了绝对的安全
远道而来的人，放下了全部的戒备

丢掉了鞋子、眼镜，美女们用来保护容颜的
遮阳伞、帽子、围巾，统统拿下
在这里每个人都回到了孩童的时光
恣意，狂放，疯痴
滑沙的尖叫，在滑板上失去了平衡，翻倒了打个滚
有惊无险。飞出的魂魄被召回
继续，新一轮的挑战

第一次骑上骆驼的人，在高高的骆驼的峰峦上
随着它迈出的脚步，一起一伏
经历着心的狂跳、颤抖
这时你才会佩服，那些端坐在驼背上的人
淡定、从容、优雅，迤逦成一道超然尘世的风景

我在平缓的沙丘顶端和姐妹们拍照
很想顺着起伏的山丘走向天际

那更远的空寂，散布着神秘的气息
我心疼那些长在沙漠中的小草，它们散落着
向天涯逶迤前行，传递着消息，发散着火种

而此时，天边涌动奇瑞，神性的光辉
我们在巨大的福泽护佑下，享受自由、疏放
无拘无束。我们是被上苍宠爱的孩子

我们敏感的身心经历过苦痛、沉沦、挣扎
那些囹圄，突出重围的伤
必然会得以疗养、慰藉与修复
远离尘世的地方，与神灵最近

而我在照片中看到自己的另一个模样
与我合照的姐妹，另一个模样

快些离开，快些离开，我们要在暴雨来临前赶出沙漠
在一道光亮里
我接到了天庭的另一道消息

落日映照的双合尔山

赶在日落之前，我们先是到了白音查干淖尔湖
在那里试图穿过草地抵达双合尔山
而茂密的青草布下湿地、沼泽
急于抵达的人，因折回拉远了距离

双合尔山是巨大天然的敖包。我们要爬上去
看落日余晖，我也只好，过双福寺而不入
在心中默念、祈祷；
祈祷、默念——

经幡招展，众神合颂
我们登上山巅，云霞瑰丽、壮美
金黄、玫红，太阳神行走过的痕迹
明黄、浅黄，灼热交织清白的剔透
那些色相中的微妙变化

太阳神，一边走一边将绚丽的色彩
一股脑地泼向白音查干淖尔湖，我叹服
它是最好的油画家。
浩大的白音查干淖尔湖，与平坦无边的阿古拉草原
接纳了太阳的馈赠

捧献出倒影、光晕、迷幻

我站在白塔边上，向天际眺望
有什么激荡着心胸，又被风吹拂
太阳陡然沉没，给出宁静、虚无
空——
群鸟飞跃丛林，那浩大的队伍
向着落日的天边

行至双福寺，仰头看到巨大的神鸟
只露出美丽的羽毛，在天体上舒展
我判断这是一只美丽的火凤凰，它的庞大
它绝美的凤尾，摆动、俏丽
不是舞蹈，像是在洗尘，或示现
反射天光的蓝，浅浅的蓝
被洇染得醉人、入梦

在起身，欲离开的一刻
突然一群鸟儿，猛然飞起，越过我们的头顶
向着天鸟布阵的瑰丽天空，迅疾飞去

被佛光照耀

通过一个梦境，我确认
我是被佛陀牵引，走出了被引至的洪水
深渊。当我诵经、领悟与开示
浊污的洪水撤去，我平步而出
不染一丝水垢

此时，我看到佛陀从我眼前一闪飘过
哦，这示现，让我领悟了诸多
关于隐忍、宽容，关于复杂也简单的尘世
关于世界的维度、人心的维度
人心是逼仄、狭隘的缝隙
人心却也是宽阔无垠的海洋

在阿拉善，我被戈壁太阳的七彩光芒照耀
是抚慰，是蕴藉，是穿透坚硬的能量
当我俯下身去，捧起金黄的细沙
它们从我的指尖、指缝
酥酥滑落——
我再一次感受到柔软的力量
它们在隆冬的戈壁滩上，向我的生命内部
传递了经久的暖流

可汗山掠影

从晨雾弥漫的扎鲁特草原，到达可汗山
艳阳投下灼热，已是正午
在可汗山下，做浮光掠影。匆匆来到
又匆匆别过，我的仰望止于遥望

我们的大汗，我不能走近您，不得跪拜只做遥遥揖礼
我的先祖，我不能走向苍狼之路，不能随着深入
把自己放逐于不儿罕山。更不能在聆听中
从额尔古纳河开始，渡过腾汲思海子

我奔涌的血液在沸腾，那些潮涌的翻滚起了千层浪
此时我是一片海
是风吹的牧歌，是静默的小花
我是要汇入洪流的，融入激越的恢弘

不愿离去的人，都在脱胎换骨

必须迈开脚步，不被眼前的花草
牵住手脚；不被眼前的美，迷住心魂。
要在太阳落山前，把更多的人带到山顶
指给你们看——那经幡招展的敖包
我们要到那里去相会，祈祷，祭拜
得到赐福

眼前的一切正是我要看到的
我自信，一到这里你们就忘记了疲惫
忘记了尘世中所有的苦，那些阴暗、屈辱、疼痛、挣扎
辽阔的世界、无尽的空寂
起起伏伏——

阳光照耀、轻抚，青草是多么温情、柔软
每个人都仿佛回到了母亲的宫房
回到水波微漾的世界
回到自由自在，无限舒展的无限时空
世界是多么温软、阔大

起舞，歌唱，或静静地坐着
天光从耀眼、明亮，到柔和、昏暗

幽冥，神秘迅速蔓延——
不愿离去的人，都在脱胎换骨

在天边涌动的万象里，获得神启

这是此行的最后一站，从草原到沙漠

又是另一番景色，另一番旷达

轻柔、舒适、辽远，金子的光辉

漾起水波的润泽

每一个人都卸下了在尘世中，披挂了太久的铠甲

回到母亲腹腔的人，获得了绝对的安全

那些自由的释放

回归了本真

奔跑、跳跃、滑沙、骑骆驼

抑或是，一个人悄悄地远行，静静地坐着

每一种方式都是和自然的对话

莲花绽放，佛光涌现

我在天边涌动的万象里，获得神启

就是在那一瞬，我看见了自己的另一个模样

它的空　留给巨大的虚无

它是静寂的　幽冥的
雅布赖大街的夜晚　它的空
留给巨大的虚无

我们专为静寂而来　为这马路两旁的
白杨　它们在十一月的大地
抖落华衣锦服　现出骨感　劲道
那些清疏的枝条　它们是美的
坦然的蓬勃　亮出绝美的鸟尾
是的　每一棵树里都养育着无数只小鸟

我在白杨的树干上分辨花朵　影子
那些隐秘的故事　渗漏出的痕迹
斑驳的树疤　每一个都是岁月的雕琢
我在这疤痕中闻到　青春的气息
也闻到幽冥的气息
在白杨树上读着潜行的河流

路灯突然退场　让位给满天的星斗
天空幽蓝的巨大幕布　给我们奢华的仰慕
——那些明亮的宝石　缀满　摇曳

我伸出双手　欲接住银河泼洒的
清透　　晶莹

朝拜圣祖成吉思汗

跪拜在您的面前，在巴丹吉林沙漠

我是一粒沙，一株草的微小

仰望着伟岸、气势磅礴

我们的荣光与骄傲

我的先祖，我们的圣祖

我跪拜在您的面前

圣祖，您看我是怎样朝着您一路飞奔而来

甩下了沙峰优美的弧线，甩下了海子迷人的眼眸

跪拜在您的面前

我回到弱小孩子的柔软

放下了抵御、防范，那艰涩、容忍的苦

化为婆娑的泪眼

圣祖，您的疆土是多么辽阔，您的豪迈气吐山河

金戈铁马，挥斥方遒

而我在尘世的行走，一再避让、放下

我的血液中仿佛早已丢失了

锋利、霸气。我愿守着无争的世界，在自然的怀抱中

安谧、自在。我愿我所途经

不曾伤害任何——

然而，生在尘世，在俗世间活着
总会有"树欲静，而风不止"

我闭紧双目跪拜在您面前，跪拜长生天
跪拜巴丹吉林沙漠的诸神
我的先祖，当我感觉到一缕光在头顶上
灌入，当我被亲切地扶起
当暖阳再次轻抚我的发丝、面颊
我听见了您爽朗的笑声，抬头我看到
您那双凝视我的双眼，是慈爱、祥和
也是果敢、坚定——

顺着您的眼眸，阳光的方向
我看到，在沙峰的弧线上，闪动着金子的光芒
在那之上，是辽阔、博大
—— 湛蓝湛蓝的天空

借你的眼眸倒影自己

我无法不热爱，每一个来到的人无法不热爱
辽阔的起伏，给出黄金的海洋
先是越野车的狂野，司机师傅的好技艺
把我们带入峰谷浪尖，那些欢愉的尖叫，喊出欢腾
我们是海洋中的鱼儿，还是海豚？

我新奇沙漠中的绿色植物，它们生长得多么明亮
这些绿来自于碧波荡漾的湖，它们是沙漠之镜
是沙漠的眼眸
巴丹吉林沙漠，我借你的眼眸倒映自己
我借你的绿柔软自己，我借你的起伏，辽远自己
我借了你的陡峭升高自己

巴丹吉林沙漠，在你的腹地，我跪拜我的先祖
他们护佑着我——
我仰望或醉卧是长生天的娜仁
是沙海的琪琪格

注：长生天，蒙古民族以"苍天"为永恒最高神，故谓"长生天"（蒙语读作"腾格里"）。

沙峰的高度

远远地膜拜　我的圣祖　我们的大汗
他就给我指出了沙峰的高度
坚韧的驼队正优雅地走近　澄澈的蓝

不再沉湎于水光倒影　不再于沙枣　芨芨草中
拥抱自己
用脚去丈量沙峰的高　而后接近天空的蓝
长生天啊　我站起又跌倒的跪伏　是在朝拜您
我波澜般的大笑　隐忍着翻涌上来的泪水

长生天　我是您放逐天涯的小女儿
长途的跋涉　已是
风满心　尘满身　而今大笑着走近您
在沙峰　在天庭
在澄澈明亮　无尽的辽阔与壮美中
静寂的一刻　也是亿万年

曼德拉，天空收起飞扬的大雪

我笃定的信仰，不会轻易说出
我说，我们是上天宠爱的孩子
曼德拉，我们来到，天空就收起了飞扬的大雪

辽远的蓝，水洗的明镜
照耀着曼德拉山。水洗的明镜照耀千古
那亿万年前翻腾的海，它把波浪凝固成石林
把潮涌、拍击的岸、留给波澜起伏的石海
留给广袤的大地，留给万物繁衍生息

在峡谷，在木质的栈道上
向着曼德拉山顶行走，强大的信息向我涌来
不断涌来——
是谁在引路，是谁牵住了我的手，又是谁在更高处
更隐秘处呼唤？
那些凝固的、定格的、退隐的
都在浮出，都在显像

那些苔藓，不是苔藓，是古老的生命
披着丝绒的花朵。
那些残雪，不是残雪，是上天散落在曼德拉的眼眸

那些拥抱的、匍匐的、奔腾的、歌舞的
放牧的、狩猎的……涌动风潮
猎猎招展的不是旗帜
是还魂的经幡——

我有涌动的喜悦，有怆然而泣下的苍凉
我有千古的忧伤——
这世界，有什么能够成为永恒？
那些来过的记忆，被抒写，被描绘，被镂刻
那些巨石，黑亮的玄武岩
是沧海桑田后，上天提供的纸张？！

这些天书，如今被锁在了铁笼子里
它们是多么拘谨。夜幕降临，万星涌现的夜晚
封印的万物，可否推门走出？
哦，这古代先民留在大地上的天书
被赞美，被诅咒；
被保护，也被拘禁。

戈壁太阳

冷艳的，却也是温暖的
隐约的，却也是清透的

一轮太阳，散发出的不仅是耀眼的光芒
驱赶黑暗的明亮
在阿拉善戈壁滩，我们是被一轮太阳
七彩的光环惊艳

在阿拉善戈壁滩，我们听从了一轮
头顶彩虹的太阳，所呼唤
当我们走下大巴
收纳了，吉祥的福音与深邃的光照

我们是被戈壁太阳照耀过的人

在巴丹吉林沙漠，回到母亲的宫房

不曾说出过的柔软，不曾说出过的细润
不曾说出过的水泽故园，不曾说出过的温情
它们轻轻地触摸我，凝视我
呼唤我

当我停止了在风骨浪尖上的激荡
在大海抖动的波澜中
驻足。在沙丘上坐下来，躺下身去
巴丹湖，是我见过的最美的眼眸
是上天的慈悲

沙枣、白杨、芦苇、骆驼草、沙棒
陡然飞起的鸟儿，走在沙脊上的驼队
都在颂咏着
万物生——

妈妈、妈妈、妈妈，我呢喃着
呢喃着，重新长出四肢、眉眼、鼻梁、嘴巴
心房……
那微漾的水波，那褶皱的壁垒，是我母亲的宫房
多么细润，多么绵软，多么慈悲

额日布盖大峡谷

修炼了多少世　才能到这里
太阳照在额日布盖大峡谷　月亮也照在额日布盖大峡谷
深秋的戈壁滩　野茫茫的苍凉
深秋的戈壁滩
无尽的荒芜
远去的驼群　扬起尘烟

我们来到了　额日布盖大峡谷
你看你看那月亮的脸　你看你看那太阳的脸
它们同时照耀　额日布盖大峡谷
仰头就是重重叠叠
万卷经书
火红起来的万卷经书

太阳落入雅布赖山

太阳西下，越野车队在戈壁滩上
奔跑，乌库础鲁万石耸立妖娆
强大的气息，还在
尾随。那些诡异的物象隐蔽在
怪石嶙峋的后面

乌库础鲁，石头的山寨，你也可说是城池
或壁垒。我们仗着人多，去接近那些手印的
岩画。模糊的印迹
就在注视中
从枯瘦，风干的手指
流淌血迹

血腥、腐烂的骨殖，氤氲着弥散
我仰头看见蓝天飘着白云
——苍天在上，苍天在上，苍天的光芒
封印魔鬼的城池
我们的车，一定要在天黑前
跑出晃动起来的挤压

现在，天空辽阔，太阳壮美

它西沉的烈焰

烧红了白云，我看到打坐的人在天边

迎着万道光芒

嗡嘛呢叭咪吽，嗡嘛呢叭咪吽，嗡嘛呢叭咪吽

我和天人一起颂咏

——太阳落入雅布赖山

重返曼德拉

从一个岩画到另一个岩画的凝视
就是重返曼德拉。时空的隧道
悄然打开，千年、万年都在
抵达。身体中翻腾的血液、眼睛里潮湿的泪花
解读岩画的人，每一个都是在解读自己

这偶然的必然，多么玄妙
静谧的夜，我们的对话是多么真切
一幅幅被印在画册，被拍到手机中的岩画
涌动起强大的生命气息。一如我登上曼德拉山
在无尽的辽阔与起伏中，被浩荡的气场
包裹、推涌——

请不要怀疑我们的身份，每位诗人都是身怀巫术
我们在和天地接通信息，在和远古对话交流。
在这里，每一块石头都会呼吸
每一棵小草，都是万古长青
我们重返千古，每个场面都在自己的生命中
曾经发生——

我这个折腾了母亲三天三夜，才顶着冉冉升起的太阳

出生的人，带来了自己的名字

在曼德拉，确认自己

我就是那个，头戴太阳光冠的女人

四肢曼妙的是向上的花朵。那些头戴光环的

都是我的族人。请不要再说它们头上的是刺芒

那是太阳的光曜——

每个向美，向善而生的人，都会自带光芒

太阳升起在雅布赖山

天光微芒，向着曼德拉山
大巴车在野莽莽的戈壁滩上奔跑
乌兰牧骑的艺术家们
送来了歌声，驱散睡意昏沉

为之振奋的不仅是车里的诗人、艺术家
还有戈壁滩上的芨芨草
万物彼此道着：早安、早安
赶来倾听，并为之合奏

我在悠扬的蒙古长调中，看到我的祖先
他们放牧着羊群。我看到
跋涉的骆驼，飞奔的马蹄
我看到鸿雁飞过寂寥的长空
一个人在草原、戈壁、沙漠的孤独

忧伤再次于我的体内翻滚着浪潮
冲出生命的堤岸——
模糊了我双眼的不是泪水，不是忧伤
天光豁亮
太阳升起在雅布赖山

走在雅布赖寂静的夜晚

是无边的寂静
偶尔有一辆车，疾驰而过
整个雅布赖大街
就剩下了我们几个人，在行走
幽冥漫漶，也在逼近，心底升起隐约的不安
那是童年走在乡间夜晚的感觉

道路两排的杨树，挺拔劲道
英姿飒爽，风华绝代
它们的呼吸，是那么真切。它们睁着闪烁的眼眸
它们听到了我们的赞美

到了雅盐宾馆，举头望向天空
满天的星星屏住了我的呼吸。那么纷繁，那么明亮
银河清澈，正流经我们的头顶

相会于阿拉善右旗的敖包山

西面是桃花山，就在前日我曾在黄昏的一瞥中
见到了吉瑞。山巅之上的
光芒，那明黄的色彩
自天国降临。柔和、慈悲
温软得使心融化

北面是雅布赖山，我曾经历过他的落日辉煌
也被它升起的太阳所照耀、启示
巨大的能量涌入我的身体
在心底翻卷起的波涛，推涌出诗行

此时，我们站立、行走的是敖包山
我们在大的敖包前虔诚祭拜，绕着敖包转
祈求幸福；我们在小的敖包上
每个人都俯下身，祈愿，添福

修炼了多少世，才会有今天？
有多少祈愿与相约，才会有此刻？
"天苍苍，野茫茫"
世界是多么辽远，人海翻滚着人流
而我们，从天南地北而来

相会于阿拉善右旗的敖包山

天地是多么辽阔，多么苍茫
装载下万物生，也装载下万物死
我们在一起，不过是苍茫一瞬
却为此刻，修炼了千百年

在敖包山，我一再召集着
"合影、合影……"兄弟姐妹们
我们是从遥远之地
从四面八方，相聚而来
相会于阿拉善的敖包山

布仁孟和上空的羽毛笔

仰头看见一只羽毛笔，更多的羽毛笔
出现在水蓝的天空时
我们正从一个沙丘，走向另一个沙丘

红柳、骆驼草，朝着一个方向倾斜
和天空的蓝，白羽的移动达成了
默契。钢丝把辽阔的草原分隔开，草原就不再是
无边的草原。牛羊必须在此止步，折回
或转向另一个方向。

我们返回时，那只幼年失去母亲的三岁骆驼
还在领受诗人们的亲近。它现在不仅放下了戒备
有时，也送上温柔缱绻。大大的眼睛中流出的泪
依偎的顺从，让人心疼。
小阿牧尔赛汗也放下了倔强
与似乎熟悉起来的客人们
踢球。这一天对于一个四岁的孩子，是突然的热闹
也是陡然的空落——

布仁孟和是阿牧尔赛汗的父亲，这片牧场的主人
午餐后，他放下了端羊排、端奶茶的忙碌

被诗人们围着，介绍乌鸦的眼睛与三口井
与他的邻居只有一公里以外的距离

我们从马英的介绍中得知他是放弃公务员
回到牧场的牧民诗人
布仁孟和，来到这里的每一个诗人都是你的知音
我抬头，再次仰望澄澈的天空
洁白的羽毛笔，在轻轻飘动，又多了起来

我也是草原的孩子，是多么羡慕你
布仁孟和，用母语讲话，拥有草原，拥有蓝天
拥有那么多的羽毛笔

万物凋敝，它在开花

它依然在我大脑中，风姿绰约
这是对一株低矮植物的思念，还是它倔强的占据？
登曼德拉山，在浩瀚的石海中
它夺入，我的视野
在苏亥赛，更多的人看岩画
或被石窝、石臼、形象各异嶙峋的怪石
它们的散落，或群聚
吸引，发着天问，异常兴奋
我却在一种矮小的植物前
坐下来——

苍茫的戈壁滩，深秋的季节万物凋敝
就在我们到来前，天空飞扬漫天的大雪
就在上午的曼德拉山，阳光继续
消融残雪

而它，在矮小枯干的枝丫上吐绿
张开桃红的小脸，粉扑扑、娇嫩嫩
仿佛迎来了一个春天，开着锦绣河山
札格萨嘎拉
——在荒凉的戈壁滩

我终是远去的离人

很想多走一段路，在沙坡弯曲的弧度中
看光与影的交错缠绵，龙腾凤舞的妙美
多想在某一个海子边，多站立一会儿
看它如何温婉柔情地收存相遇，又布施恩泽
把众生滋养
多么留恋，沙峰上的静谧，辽远与清爽
很想多坐一会儿，在万物止息的静默中
听天音，在鸣沙中寄语

还没来得及去巴丹吉林庙朝拜
聆听，洗礼
对噶勒丹彭茨克拉布吉林
慕名太久——这座沙漠中的故宫

巴丹吉林沙漠，它拥有世界第三大沙漠的辽阔
终是目力不能及的丰茂神秘
挥手而去的离人，也把
大漠落日，震颤心房的美，留在了想象的余韵里
依依惜别

我凝视着牧场的天空

你们迎来的不仅是远方的客人
而是　一个节日
穿着节日盛装的人　热情　庄重
醇香的奶茶　手抓肉
热乎乎的蒙古大餐　在忙碌的牧民手中
捧献出真诚

更多的人关注演出　骑马　骑骆驼
那头还没能驯服好的小骆驼是多么
倔强　它对抗着
我在它含泪的眼睛中　读到的不止是
愤怒　忧伤

我是多么喜欢看着　布仁孟和牵着骆驼
在牧场行走　我的同族兄弟
我默默地关注着你　远远的

你是多么富有　依然拥有辽阔的牧场
尽管铁丝网已经隔断了　更为辽阔的远方
不能像我们祖先一样　有无尽的
"风吹草低"

你依然拥有湛蓝的天空　美妙的白云

我一再远离人群　一个人走向荒草　枯树
冬日中草原的荒芜　在我眼中依然
是美　是温情
它们装着巨大的寂静与神秘
是我迷恋的

我凝视着牧场的天空
不舍得忽略它的每一瞬
淡然　恬静　蓝得素素净净
每一丝变幻的云　都在我的心上
游动　飘逸

我一直看到　落日把辽阔的天边染得
明亮　炫目　昏黄
它的庞大　是多么伟岸
你的牧场与我们
都被晕染进一幅画中

过河西走廊

巨大的太阳，在戈壁滩上奔跑
把荒凉、旷野，照得暖洋洋
我相信，是神一再加柴添火
明晃晃的，把整个河西走廊照得通明
豁亮——

巨大的太阳温暖着无垠的戈壁滩
巨大的太阳，驱赶着寒冬的冷僻
刁钻。我相信，天神一路在护佑
举着火把，照亮前方的路
　"你看，你看，真相就在前方
就在不远的阿右旗，就在雅布赖山升起的月亮
与太阳中……"

是的，我相信，人心因狭隘竖起的坚冰、寒凉
冷杀、逼仄
终将被一轮巨大的温暖的太阳焐热
融化。终将在绵延的祁连山、雅布赖山
给出的辽远、阔大中
低头羞愧——

深冬，来到额日布盖大峡谷

深冬来到额日布盖大峡谷
萧瑟来到额日布盖大峡谷
凋敝来到额日布盖大峡谷
清凉、寒彻来到额日布盖大峡谷
我们携带着热情，来到额日布盖大峡谷

坦坦荡荡的额日布盖大峡谷，日月同辉的
额日布盖大峡谷
交出寂静、神秘，交出咻咻的喘息
也交出了穿越千古的跌宕起伏，隐蔽在岁月中的
浩荡长歌

行走、驻足于峭壁、悬崖中的盘羊
在凝视，在倾听，和我们长久对视
它们孤傲的样子
仿佛君临天下，它们孤傲的样子
闲听流水风声

额日布盖大峡谷，穿越你的腹地
我们心怀虔敬，在虚静、安谧中
感受、谛听，也看到了众神的存在

在崖壁，在沟谷，在云端
被一束又一束光照耀

登曼德拉山

——致翁美玲

据说阿拉善的冬季寒冷，曼德拉山风高
我们来时太阳放射万道光芒，散发着
热情、温暖——
想到我本是应美丽的邀约而来
众神在18平方公里的每一处静候、迎接
索性甩掉了厚重的羽绒服，还了一身清爽

与你同行，我有接引使者的感觉
你这个来自江南的柔美女子，偏爱内蒙古大地的
辽阔、粗犷。你深爱着北方的坦荡无垠
迷恋着，你内心的渴望与坚持
请原谅我来自生命深处的骄傲与自豪
在你的面前，指点着山河

美玲，想到多年前我们一见如故
彼此认领了异父异母的姐妹，我们说
"仿佛寻找了多年"
如你一样爱着我的北方内蒙古，我爱着你秀美的江南

此时，我们在曼德拉，行走在回溯历史的
长廊，我们在穿越千古

我非常急切想把绵延六千多年的历史画卷
一一展示给你看。我想在这由匈奴、突厥、党项
蒙古族人共同打造、绘制的天然画廊里
看到"天苍苍、野茫茫",而后你就听见了
牧歌——

长天浩远,我们一再停下脚步来顾盼,回望
在感叹中凝神,谛听
宇宙、自然;苍天、大地的浩瀚音波
我们在接受着不断传递来的信息

你是柔美的,而我再次见证你内心强大
总是攀援得更高,与巨大而坚硬的曼德拉岩石
合影。你在曼德拉羽翼飘飘,仙女下凡
有着融入粗犷壮丽的欲望

而我,喜欢大美、粗犷
喜欢关注细小的事物,除了拍下
你和曼德拉山融为一体的
影像,也拍下那些岩石上的苔藓
并且指给你看,它们柔软的丝绒,润滑的软语

这微小、坚韧的美，是自然之神细腻的作品

时光缓慢，却也湍急
没能在指定的时间里，抵达曼德拉山顶
看着已经出现在眼前的
山巅，那些陈列的曼德拉岩画群
心里升起遗憾，而我知道
你的遗憾大于我的遗憾

返回的路上，我们一再回首
一再回首——

与戈壁滩相连的艾斯力金草原

厚重的云打开了一个口子
露出明亮的天空，我从车窗向外眺望
蓝得清澈，如饮甘泉
乌云瞬间开裂，如融化的冰川
有风吹动，分散成洁白的云朵
在明媚而辽远的天空上飘荡。

我的心跟着天空的变化，瞬间开朗
豁亮——
荒漠、沙丘，一丛一堆的骆驼草正在返青
它们像羊群一样散落在辽阔无边中
草原上，涌动着一湾又一湾的水流
闪动着晶莹的光，千万个小星星在跳跃
我看到一些紫色的花朵，它们把自己开放在
低矮的草木中。

我们在青藏高速公路上
奔驰。极目远方
绵亘的、坚硬的山峦，裸露的山体
让我看到大地坚硬的骨骼
我喜欢它们的这种坚硬

荒原之上的苍茫、遒劲的力道给我
输入了强大的能量
我感受到它们的风骨。

越来越接近昆仑山了，为这一分一秒的接近
激动不已。这巨神一样伟岸的山
它是雄性的，它是如此雄浑、壮阔
它和绵亘的祁连山，原本
都是居住在我所读过的教科书中
而后居住在，一个遥远的梦中
如今它就在眼前
我正在接近它，并且远远地望到
它苍茫峰峦上的雪——

雪和天空、和白云贴得那么近，那么近
昆仑山披着青色的大氅，傲然威武
我看到大氅上岁月的褶皱、沟壑
多么力道，又是多么美

通过绵亘的长廊
来到了艾斯力金草原。昆仑、祁连

两座神性的山脉，它们是如此默契
它们彼此相守
坚硬、伟岸的身躯，绵亘出坚韧、细密
柔软、慈悲。雪线上融化的水，化作涓涓细流
潜入苍茫大地，滋养万物生灵
滋养出与戈壁滩相连的
艾斯力金草原

白云翻卷，白云飞渡
艾斯力金草原，它的天空是圣水
洗过的蓝——
一丛又一丛的红柳，举着红色的长长的尾巴花
在清冽的天空下自在舒展

六月的艾斯力金草原，青草刚软柔柔地
探头于地面——

艾斯力金草原的清晨

太阳向草原上泼洒光芒
这枚巨大的花伞，在向草原上的万物
布施阳光雨。
金子闪跃的光辉，在草尖上
在梭梭树、红柳、达日布的静默里
那对幸福的鸳鸯树，依然是紧紧地
缠绕、拥抱，不被任何事物所惊扰

羊群在远方吃草
我俯下身去，伸出双手
呼唤着一头洁净、漂亮的小黄牛
它乖顺地向我走来
温顺地低下了头

我一只手握住了，从它的脖颈上垂落下来的绳子
一只手伸出去，试图抚摸它
拥抱它，它突然抬起腿
猛然，向我握着绳子的手，踹了一脚
在我错愕的一瞬，已经向远方跑去

一头小牛是多么机智、狡黠

它亲近了我，戏耍了我
我猛然大笑起来
仿佛笑声和我在整个草原上
在晨光中晃动

举头，我看到硕大的紫色的花朵
正在艾斯力金草原的天空
徐徐绽放——

艾斯力金草原的夜晚

这一夜是多么安稳
美酒醇醇，长调歌手戈壁深情的歌声
再一次把我们带到白天走过的
草原的腹地，带到荒凉、辽阔的戈壁滩

艾斯力金草原上空的星星，都在
凝神倾听。银河清澈
清凉、白净的光，忍不住垂落下来
低低地亲吻、拥抱
草原的泥土、万物

睡在艾斯力金草原，就是睡在西王母的
恩泽中，就是睡在昆仑山与祁连山
伸展开的手臂，挽在一起的
怀抱里——
在众神的护佑中，睡得深沉
巡夜的神，他们的脚步是多么轻
多么轻，连梦都被阻拦在了
远远的注视中

夜幕下回到艾斯力金草原

穿越傍晚的戈壁滩，壮丽的夕阳
和我们一起拥入了
唯美的怀抱——
白刺、红柳，那些看似矮小的植物，
它们已经在这里生存了很多年
它们的根系牢牢地抓紧着大地，
倔强、坚韧
此时，它们在我们远去的视线里，再次成为
遥远……

夜幕下回到艾斯力金草原
空空旷旷，无尽的神秘、幽冥，四野弥漫——
仿佛到处都是咻咻的喘息
八面来风，它们在潜行、暗长
伺机而待——

佳肴、美酒
蒙古歌手戈壁端起酒杯唱歌，凝滞的河流开始
流动，奔涌——
嘹亮、苍凉，又紧紧贴着大地、青草
花朵、牛羊，戈壁滩上倔强的万物

在母语的暖流中跌宕起伏

潮尔、托布秀尔、马头琴
这些古老的蒙古族乐器
在巴义斯胡楞的手中
轮番上场。这个阳刚、帅气的蒙古族艺术家
一边演奏，一边歌吟

听着，听着，已是泪流满面
无法自制啊——
青草、河流、风涌的百花、晶莹的露珠
长天浩荡，白云悠悠
这些在我被放逐的命运里，远去的事物
一一返回

牛羊、骆驼、飞奔的骏马、山峦上的敖包
返回到我生命的河床、沟谷
平原、山峰、每一个神经末梢
在母语的暖流中跌宕起伏

天赐之恩

当我再一次穿过云层

降落在阿尔山　哈拉哈河　努木尔根河

就把欢愉的浪花举得高高　让我看到

它们巨大的　闪着粼光的翅膀

微雨迷蒙　清凉沁肤　从酷暑之地

奔赴而来的我们　迎面就接受了浩荡天恩

迎接我们的队伍　不是别人　正是在轮回中走失

聚拢而来的亲人

我的泪花　和雨水融汇在一起时　风就把消息

传向了远方

大片大片红的　黄的　白的百合花

从伊尔施机场出发　簇拥着

连绵地与格桑花　灯盏菊　柳兰

更多更多的花汇合

我们俨然荡舟在花海中

到了玫瑰峰　山风浩荡　山风浩远

我和我的众姐妹　就被举上了花海的浪尖

那些　欢愉的起伏　那些跌宕

那些迷醉　倾倒——
在自然的怀抱中　每个人都甘愿
化身为一朵花或一株草

这陶醉　这欢喜　这些迷狂　这些恰到好处
只是刚刚开始
我要说出的是　长生天给予的　巨大的惠赐与庇护
不是雨说来就来　说走就走
是该来时就来　该走时就走

在逶迤的大峡谷　在古熔岩与树木缔结连理的石塘林
在驼峰岭天池　在仙女湖……直到三潭峡
天光骤然打开　万象奔涌　再回首玫瑰庄园
倒映湖心的彩虹　突现天边瑰丽的晚霞
我们大呼小叫　惊异壮观

而惊雷滚动携带着闪电的清晨　雨骤停
阳光率领露珠　蓝天挽着白云来送行
我们在迷离恍惚里说出
阿尔山的天空　它的神秘与奇妙

哈伦阿尔山

之于我，喊你的时候，默念你的时候
一定是哈伦阿尔山。"哈伦"是减不去的
省不得的。就像我背靠，逶迤的大兴安岭
眺望辽阔的草原，喊着：额吉、额吉
额吉……

在玫瑰峰，重新确认，找回自己
当我来到，蜂拥而来，开得正好的
黄连、火柴花、虞美人
布满山顶的星星草
她们每一个，都喊着我的名字。

从一出生，就向远方行走。放逐与自我放逐的
路上，有太多的迷茫与困顿
忧伤、怅惘，深夜里辗转难眠
一个人默默地，流泪、悲伤、挣扎——
我承认，我曾绝望过。

是额吉从历史的深处
从茫茫的草原中走来，她用慈爱的、深邃的
博大的声音说：孩子，要学会等待

我们蒙古女人的眼光，是深邃的——
静谧的夜，唯有额吉的声音
她曾对孛儿贴说过的，她又说给我
我颤抖着握紧史书，擦去泪雨千行
随着额吉的目光，就看到了远方。

云蒸霞蔚。在玫瑰峰之巅，雨来了
瞬间，又离去。万象奔涌，岁月峥嵘
我的女儿站在这里说出：
挥斥方遒——
没错，我的孩子，是你听见了万马奔腾
是你看到了，高高举起的苏鲁锭
风吹草低啊，你看到历史的烽烟

北面就是，阙奕坛古战场
我们所在的玫瑰峰，正是大汗的
点将台——
"挥斥方遒"，你脱口而出的
在玫瑰峰，没有什么比这更恰切。

我说："哈伦阿尔山，我身体中的血脉，

千军万马都为你奔腾。"

历史、尘烟、烽火，现世里的旖旎风光

和谐、安宁，那些辽阔的美

我自当，以沸腾的血液，千军万马奔涌的言词

来诉说——

拜　伏

抬头是美，低头是美；左看是美，右看是美——
我的眼睛不够用了，浑身的细胞都在打开
都睁大了眼眸。
我的神思，不够用了，从天上奔涌的白云
低垂的白云，舒卷的白云，一下子又落到
辽阔的层峦，无边的绿，推涌着无边的绿
那些黄的、白的、红的花朵
那些甘冽清醇的河流，那些风指的方向

起伏的山峦，叠翠的山峦，我的神思同你们一起
起伏，奔涌，还不够
我的静默，无以装下巨大的寂静
我想放歌，却有什么堵住了咽喉
那些潜藏的河流啊，那突然又涌出来的
水流，让我保持长久的缄默。闭上眼
有什么从我的双眸中奔涌而出

缓缓地，缓缓地把自己放下来。那一刻
必须是这样的
双膝跪地。长生天啊，阿尔山，我的大内蒙
放逐天涯的女儿，终于回来

必以跪伏的姿态朝拜，方可领受这大美
必以旋转、飞翔、跌落的舞姿
方可领教蒙古女儿，骑马飞驰，身轻如燕的绝技。
必以单膝之血，点燃碧波，领取一湖红杜鹃的
仙风傲骨。

那灼热的红啊，不染尘埃
醉了满天飞云

红河谷

我来此，也是水与火的交融
就像那满目滴翠
就像水亮的柳叶绣线菊，她在灼热的阳光下
绽放在堆积成岭的，火山熔岩之上
在针叶与白桦遮蔽的林荫中，逶迤行走
是水奔向火，是火燃烧着水

浩荡的、逶迤的、绵长的哈拉哈河
于此，再不是波光潋滟，温婉含情
是悬落的瀑布、奔腾的火龙
是大地撕开的一道伤口，是深深地嵌入与
降落。是弥合又开裂
不，这些都不够，你是远古的一道闪电
而后，便是滚滚的雷鸣，火星迸溅
抛落满天橘红

是生命的澎湃与涌动，积压太久的
喷发与潮汐；是火龙招引着火凤凰
他们的凌空一舞，万里江山为此
倾倒——
是寂灭的火，回到暗影里的思索

是闪电降服于大地，嵌入时光的褶皱

光与影，水与火，电闪与雷鸣
顺应了时光的流水，自然的安排
就像四季顺应了四季，沧桑的古老
顺应了天理，我顺应了血脉的奔涌。
找寻，相遇，宿命里的那个自我
当娜仁遇到了琪琪格，我是草原大地上
明亮又艳丽的花朵

此时，我从高而下，就是阿尔山的天空
飘落在大峡谷的一朵红云。
在柴河源，伸出手触摸积雪，就触摸到了冰川
融化，奔涌——
十万里长河，波涛激荡，鱼翔浅底。

沉寂——若谷、若虚
我生命里响起了回声——红河谷

哈拉哈河

我一直都在找寻着，生命的水源
找一条浩荡的长河，来养育今生
这样的探寻，带着生命的胎记，在轮回的血液里
沉潜，流淌——

迷茫、忧伤、怅惘
瘦小、纤弱的我，曾有着深渊的惆怅
在逆流而上的路上，堵塞过，呜咽过
险些干涸过，在九曲回旋中，又看到新的
光亮。

哈拉哈河，站在你的身旁
我知道了，这世界就没有白走的弯路
这世界，就没有被遮蔽的风光

在大峡谷，我震撼于你的风骨
悬挂、低垂、倾覆，以霹雳之势
奔突，飞涌

在石塘林，我迷醉于你的柔韧与婉约
沉迷于你，水利万物而不争的情怀。

你是，堰塞的湖光、欢跃的溪流
潜伏的巨龙，吐出的一枚又一枚珍珠
是大地借流水，簇拥着天光

在三潭峡，我感受了，你的激越
澎湃，那些撞击的力，百折不挠的勇猛。
是一唱三叹，波光潋滟，也是汹涌奔腾

更多的河流，都是凉的。唯独你
在零下40度以下的气温，展怀二十公里的温暖。
河岸是皑皑的白雪、雾凇、琼花
凋敝的树木披挂银装，而你的腹地
生长软嫩的绿，云蒸霞蔚，仙雾缭绕
幸福的水牛，探头水中打捞起鲜嫩的水草。

哈拉哈，你这向西的河流
我很想跟随你，逶迤行进
找到努木尔根河，找到贝尔湖

现此，我的生命中已是，潜伏下
一条丰富的河流

等待落日的人

你出现在我的视野时，便融进了辽阔
融进水波微澜的湖心，融进了八千平方米的
魅惑，和我怦然的心跳平稳着陆

"等待落日的人"当我说出
你从太阳湖，比太阳湖更辽远的草原腹地
坐进一幅油画里，太阳举着光，穿过涌动的云
那些瞬息万变，明暗晦暝
梦的光辉，一层层晕染，直至前世的一个又一个影像
穿连起，今世的此在

背对阳光的人，阳光落在你的头顶，打在你的肩上
你以此来分辨它的速度，光影的脚步早已是熟谙的
节律。就像湖里漾动着的菱角叶，舒缓恬静
安然自得。两个高脚架上有你的第三只眼、第四只眼
它们按兵不动，只等你从木栈道上起身
太阳落入林海，湖水收起最后一缕夕阳

神到来的时候

——致三色堇

一定还有我们表述不到的　或者我们的目力不能

抵达的　我们用欢心　喜悦

舞蹈　风铃的笑声　十几位女诗人在此

迷醉与眷念

我们离开时回转于柳兰丛中的

百媚千姿　这一切

还不足以表达　它的风姿绰约

八月刚过　九月我们就再次来到

语言不够用了　我们就用色彩

红的　黄的　紫的　蓝的　绿的

白的和黑的　那应有的色彩　还不够

就用上魔术师的手　魔术师的心　用上一支又一支画笔

那些大大小小的刻刀

我们请来了画家　铺陈美的色彩　我们请来了

抖然飘至的风　飘至的一枚又一枚

旋转的蝴蝶　当它们落入画板

"哦　这正是我想要的"

当性灵来到　画家再次沉迷　急速地挥毫

或精雕细刻

不再局限于语言　我们身上的又一眼泉源
被打开　当细雨飘至　撑起于画架上方的
雨伞　也成为自然之美的道具
无需再调动什么　一切都是自然到来
在我们准备收起画架时
神光降临

神光降临阔大的湖面　落入绵延的苇草
蔓延起金黄　把那些走入秋季的柔软
瞬间度亮　倏忽间收起长袍
在我们惊诧　遗憾时　又转身来到
一次又一次

神的到来　是如此的美
四野围合　收起秋色鹿鸣湖
我们和画家一起　落入巨幅的画卷

玫瑰庄园

——致草人儿

定然会有一个，这样的清晨
我在沉睡中起身，柳兰、麻花头、达子香
紫菀、蓝刺头，它们齐涌而来
风涌的速度，携带着不同季节的
物象，把我带回阿尔山

想到玫瑰庄园的夜晚，在无边的寂静里
我们挽着手，绕湖行走，说到阿尔山
带来的感受，说到生命中永存的
压抑的、寂灭的，而又突然涌现的、不期而至的到来
我们就听到了，哈拉哈河奔突、沉潜的水流

你在遥远的大西北甘肃，我在首都北京
你叫我娜仁女士，我叫你草人儿女士
彼此戏称，有着多年的相知
此时，站在巨大的静寂里，天空高远，繁星浩瀚
都为我们屏息，听着我们低低的话语
而我们，在抬头、转身中
突然，指认出神秘——

玫瑰峰不再是玫瑰峰，是壁立于天空的庞大的

垂柳，在风中，烟岚中，招摇，晃动
再回头，白日里的树木已不是树林，层林已不是层林
是连绵的山脉在起伏，黑压压地，在涌动

幽冥深重的夜，强大的万物的气息，从远方
聚拢而来，一切事情都在显像，都在现身
把玫瑰庄园紧紧包裹，把我们紧紧包裹

凤还朝

—— 兼致圣女

你没来，我怎肯离去
等你带我赶赴一场浩荡的泪奔。
悠扬的乐音，辽远又苍凉，受到猛烈冲击的
不是我的心，是我的灵魂。
《成吉思汗你在哪里》，这是一首招魂的歌

一层一层的裹缚，被打开
我流泪，是一首饮泣的歌谣
我流泪，是积郁在胸口的泉涌
我流泪，是那众多的汇聚，突奔而来的
壮阔的宏大。它们不是泪水

我再张口说话，用的已不是尘世的语言
我张口说话，它们就在草木间，山水中
丛林里。它们飞奔而来——
阿尔山的白云在天上飞涌，它们在丛林中飞奔
朝着我们

步入木质的栈道，细雨止息
走向大峡谷，我放声歌唱，时光在那一刻凝止。
我的歌喉，原来是用以颂咏天籁的

颂咏远古与世界的多维；颂咏简单、纯粹、欢愉
颂咏不朽，四野合鸣

一只黑亮亮的，长尾巴小松鼠
跳上栈道，它蹦蹦跳跳在前方引路
我歌唱的，是我回归的欢喜，众众许许的欢喜
一只长尾巴小松尾，它代表丛林中万物的
欢喜

哈拉哈河，你的古老是天空垂落大地的琴弦
此时，就是我怀抱的竖琴，放置的古筝
我歌唱，白桦、松林，秋的金黄加深了一层又一层
我起舞，漫天飘起黄金的流韵与虹霞
古老的石头将丝绒的花朵，跌宕翻卷

静谧的大峡谷，静谧得
只有我的歌声，水流的声音
树叶追赶着树叶
它们黄的速度、红的速度、流水的速度
草木合鸣的速度、石兔出现又钻回洞穴的
速度

行至谷底，我在一棵古老的松树下，停下脚步
我站在那里，它抖开纷缀的霞帔
是多么美。任凭我红装起舞，醉了飞云

苍茫大地，长生天啊
当你敞开怀抱，准与不准
女儿都完成了一次
凤还朝

万物汇集

我迷恋自然　惊讶万象

把感受这些　当作了自己的天职

神秘　莫测　那些美　它们指给我看到的

我要指给更多的人

我的笑是从身体内部溢出来的

我的笑是从身体内部，溢出来的
向上扬起的嘴角，在一张春风扑面的脸上

我的笑在阳光奕奕的清晨
是那晨露的光泽，潜行在树枝、草木间的
水木清华——

当我举起手来，在一株桃树上触摸水珠
发现那晶莹的液体，不是露珠，而是剔透黏稠的
蜜汁。猛然抬头望向很多的桃树
它们都骄傲地，举着晶莹的碧波

那是从生命内部溢出来的
汁液、体香
是清晨的雾岚与朝阳的沐浴、润泽
焕发出来的珍珠

啊！啊！花仙子们就要在那水灵灵的帘幕后面
怡怡然然地走出来了，多么美妙
在这个清晨，我和它们一起沐浴了天恩水泽
偶然发现了自然的真知

雾起潮白河

是画落到画里去了　是诗牵引出诗
当奶一样白皙的雾　在潮白河中
漂浮　飞腾　又把岸边的树木围绕
弥漫——
北方的清晨　演绎着烟雨江南

我在凝神视听　在曼妙的世界中
每一瞬　都是万千的变幻
水雾与太阳光辉　弥合在一起
达成交融的默契
潜水的鱼儿　游动的水鸟
水中的苇草　岸上的树木
和沉迷的我　都被收拢在其中

那一刻　我颂咏出经文
为着与万物同在的赐福　润泽
呵　春天啊　我听到了疾行　奔涌的
浩荡——

神来巡视的潮白河

我知道，定有大的变化了
在这个清晨，我目睹了神的来到
昨日的一场细润的小雨，是先行者
是洗尘，也是送来信息

站在曼妙、飞腾、雾岚缭绕中的我
又是被谁唤醒，辗转难眠的床榻
而后在清晨五点多起身，洗浴，更衣
燃香——

在阳台上望去，看见洁白的云朵，涌满了
潮白河——
是洁白的云朵降落在了潮白河
我飞身奔去

我来到，随着天光亮起，雾气稀薄
看到远方，水面的波纹
漾动着微澜
凝神定睛，是几只水鸟滑动的小汽艇
哦，它们回来了
它们回来了

潮白河就活跃了起来，就有了可爱的灵魂

我看到另外两只水鸟的缱绻、温存
看到更多的在远方欢愉
稀薄下去的雾，浓重了起来
从远处涌来，弥漫，包裹
升腾，我看见对岸的树林被缠绕
被拥抱，露出早春还未发新芽的树梢

整个河道都笼罩在汹涌、飞腾的雾岚中了
水鸟，河面上的渔人，消隐而去
东方升起的太阳明亮，闪烁着朝气蓬勃的光芒

雾向着太阳的方向飞去，太阳的光芒与雾气
弥合在了一起
我被拥抱，氤氲在了其中
我和万物一起，被氤氲在了其中

阳光灼灼，我的眼睛被刺伤

那些鱼儿欢腾着，迅疾地
消失在褶皱波涌的水中了
我没来得及，为它们获得的新生而欢喜
还有一条最大的鲤鱼，在水边不动
我怀疑，它不行了。

我念着：阿弥陀佛，祈愿着它能得到
佛的加持、救护。
它不动，我又无力够到它
反身爬上堤岸，向捕鱼的人跑去
我喊着：那条大鱼不行了，那条大鱼死了
它不动，游不回水中去了。

捕鱼的人，很不情愿地在我的呼喊中
停下了他们正在开起来的三轮车
男人随我来到了放生的地方
那条大鲤鱼，还在那里
我指给他看——
他辩解说：还活着
于是他找来一个木棍，把鱼扒拉到水边来
那条鱼，挣扎着摆动了一下

哦，它还尚有活的气息，活的可能
我让他把鱼送到更深的水里去，避免被人
捞上来。
他一甩手，就扔进水中去了
我看到落入水中的鱼，重重地落了下去

河水泱泱，河水宽阔，在碧蓝的天空下
如大海一般湛蓝。而这里并不是生的天堂
我能救多少啊，我能救多少？
这条河，每天都有撒网捕鱼的人，哪天都有垂钓的人
他们把休闲、快乐、眼前微薄的利益，悬挂在
生的头颅之上

春天啊，正是孕育产子之时
我买下那箱鱼时，对捕鱼的人说
 "这二三月份，正是怀孕、产子之时
你们尽量不要捕鱼了，每条鱼的肚子里都有很多小孩啊
不捕鱼，就当是给儿女、后代积德了"
捕鱼的人说："是啊，鱼肚子里有很多小孩呢"

望着宽阔、奔涌的河水

我并没因自己放生了一些生命而愉悦
我看到，那因我买了他们鱼的老两口
在三轮车上，向上游奔突而去
他们是多么欢喜，一下子就把鱼全卖出去了
他们正欢天喜地，赶往上游去撒网

阳光灼灼，我的眼睛被刺伤
流着泪水——

神布道的傍晚

傍晚降临在潮白河，我牵着女儿的手
在河边散步
看到玫瑰色的光，落入河水
晕染的光芒，在悄悄扩散。

安谧、祥和
神秘的光在平静的水面上
扩散。我看到涟漪荡漾
一个接着一个，一个又是一个
此起彼伏——
是鱼儿的舞蹈，它们欢喜、自在
飞身跃出水面，又迅速落回水中。

"它们或许是在甩子，早春正是鱼儿孕育之时"
对女儿这样说时，牵紧了她的小手
这是神布道的傍晚
万物都被感召、启示、庇佑。

玫瑰色的光晕，继续扩散
水天弥合——

我要用上玄妙的色彩　光晕

在静谧的潮白河　我离群索居
白鹭早已远去　野鸭不知所踪
唯有落日辉煌　降临洁净透明的冰上

整个冬天　我深居清淡　迷恋孤独
在调色板上搅拌色彩　在画布上习练搬运术
我要把那一次又一次惊异　震撼　深陷
重新找回　我在呼唤它们

慢慢地就闻到了气味　听到了喘息
感受到了神秘的来临　自然山河的美
万物的灵动　在我手持的笔端
呈现——

我迷恋自然　惊讶万象
把感受这些　当作了自己的天职
神秘　莫测　那些美　它们指给我看到的
我要指给更多的人

是的　我的语言还不够　诗歌还不够
我要用上玄妙的色彩　光晕　每一次的心跳　惊呼
哦　我屏住了呼吸

乱花飞絮迷人眼

心潮翻涌，而后是整个生命都在
漾动起波澜。
那些潮水，不可截止地涌上双眸
此时，我面对的是
我画的一树的丰饶——

举着画笔，在画布上描绘色彩
饮醉的蓝色水面上，探出一株素白、淡粉
淡紫的——花树
它们纷繁起来，越来越浓密
我就闻到了花香。

我的生命里涌流起花海
我知道，我撞了花魂。
它们不断用香气把我围绕
那些交叠、浓密与疏离。
"乱花飞絮迷人眼"这句话
被我一说出口，泪水就冲出了
生命的堤岸——

花啊，在尘世

哪个美丽的女人，不曾有这样饱满的青春？

相逢的人

谁不曾被香气陶醉，被美浸染？

是的，小王子

手捧一本《小王子》，在云海眺望、凝神、屏息
就回到了原初的那个我
天外有天，在天庭看天空高远
我的小王子，是你带着我在旅行
这宇宙有多少神秘，只可感觉、意会
不能说出

于棉田柔软的云层，看天际水蓝，明镜，清透
看山峦，海洋，我自语，这是另一个维度
我的小王子，一个人拥有简单是多么快乐
一个人拥有简单，真是很丰富、很美好

很多时候我会悄悄地对自己说，世界多么奇妙
在这里我说，宇宙是多么奇妙，它让我感觉到
白云是另一种大地，有良田万亩，山峦连绵
河流清澈
而每一朵云上都住着神仙

是的，小王子，这宇宙多么奇妙
刚才还是阳光万顷，我们在天庭重回人间
天与地之间飘着细雨，再抬头乌云浓重

细雨飘飘，滋润着春天的万物

小王子，今晚

我们要住进的天鹅堡

我并不知道，它是被青山环抱的城堡

穿过淅淅沥沥的雨，在暮色中到来

神秘与幽冥同时降临

正好培植，生长新梦

夜宿酒壶山

一声婉转清澈的鸟鸣把我从沉睡中喊醒
它的嗓子中一定含着百灵仙草。刚刚啜饮过姚江的水
来喊我——
那香气与清透，是向我倾洒的第一缕晨浴

从酒壶山宾馆舒软洁白的床上欣欣然起身
迅疾地打开窗帷，就看见雾岚推着叠嶂
向我涌来——
真武、隔江、叠螺、天马
这些碧绿的山峦，它们不是山峦
是仙人借着微茫的晨光，在涌动的云雾中
向我展示的
一枚又一枚巨大的软玉
伸出手，欲触摸：
"物华天宝，每一枚都是葱茏茂盛、各赋天姿"

晨光，黄姚古镇

那只将我从沉睡中唤醒的小鸟，它啁啾婉转的歌鸣
实在好听。我认定她是上天派来人间的使者
我认定它是黄姚古镇最美的精灵

它用滴翠的鸣叫，唤醒我
我叫它：小姐姐
它用滴翠的鸣叫牵引
我看到，雾岚推涌着山峦
我叫她：小姐姐
惊艳间，我看到，神仙在人间行走
神与人离得这么近，这么近

我来到古老的龙爪榕下
晨光温存，轻抚它八百多年的古老身躯
听到厚重的喘息，它沧桑的力道开始讲述
青石板上跌宕的历史——

小桥、流水，绕过紧密的人家
昨夜的灯火、安静、迷离的梦幻、呓语
已经退转到更深的梦里。
我看着，姚江正温婉、柔情

串连起一块块碧玉

——酒壶、真武、鸡公、叠螺、隔江、天马、天堂

牛岩、关刀九座山脉

它们又穿连起姚江、小珠江、兴宁河

蜿蜒旖旎，丰茂娇娆，千姿百媚

激越，低缓

在古镇汇合交融。

在黄姚古镇，可入世亦可脱俗

—— 致林虹

这是你的昭平，昭平中的黄姚古镇
我曾在你的诗中瞥见它的身影，那遥远的一次眺望
是穿越人海的一次回眸？

此时，我们走在黄姚古镇
在光洁的青石板上穿越，探访
请原谅，我把你和悦、婉丽的话音听成歌鸣
当清晨我被动听的鸟鸣喊醒，一天挥之不去的
是把你的语音与鸟儿的声音合并

唯有姚江的水滋润过的嗓子发出的声音，
唯有甜美的果子滋养的声音，唯有山水赐予的委婉
被赋予天籁。
我就在这天籁之声的引领中，走走停停
感受时光之美，之恒久。

光洁的青石板、斑驳的老墙、单檐屋顶上的青瓦
镂刻着时间的记忆、岁月的吻痕。
我总是前一脚在当下，后一脚迈进了远古
这是多么恍惚迷离。
一米阳光，爬满墙壁的绿藤是我喜欢的

阿姚的房子，被三角梅的明亮艳丽拥抱，是我喜欢的
有间小店的原始古朴，是我喜欢的

我们在舒馨忆栈的花影下反复行走拍照
我们在深邃的巷道里捕捉神秘的光，光也捕捉着我们
此时我爱上了豆豉的香
它的馥郁、悠长穿过长长的街巷
紧随着我，缠绕着我
古街、小店，捻子酒、豆豉香。
我突然爱上这活色生香的人间

花影、小桥流水、戏耍的孩童、碧翠的山峦倒映着醉影
悠长的巷道。淡然、恬静
美得自在、清逸。
定神中，我就看到了众神往来的身影

我站在桥上再次凝望
这人神共居之地——
我迷恋，就是迷恋
在此，可入世，亦可脱俗

姑婆山，惜缘

当厚重的云稀薄在天际，已经在高速上开过去的大巴
掉转身来，姑婆山在擦肩而过后，又得相逢。
这陡转的行程，充满了戏剧
一波三折，牵动人心
而我笃定的信念，充满感恩。

我不会写下《过姑婆山而不入》了
慢慢升上心头的遗憾已成喜悦。喜悦在前方引路
喜悦在天空，越来越清晰明澈
一次又一次漫上天空的云
在我们抵达姑婆山的那一刻
迅速撤去。让出天空的碧蓝、清澈的蓝、水蓝
白云悠悠，微风轻袭

姑婆山丛林茂密，栈道清润
天水洗过的清洁，是为了我们的到来。
姑婆山，你的声音是多么和悦
它是清泉石上流，瀑布落九天
它是鸟鸣涧，仙子笑

我站在姑婆瀑布下白衣翩然，长发飞动

就还了魂。

想为这倾泻的白云

碧绿的悬崖、激荡的川流、飞溅的水花

添加一抹红——

抖开长长的红丝巾，又把她披在肩上

访奔马瀑布

从白云的深处驶来，携带着天庭的信息
飘渺，迅疾
是奔涌浩荡中，分离出来的一支队伍
是风驰电掣，汇集的一条壮阔的银河
降落，就是奔突，就是冲锋，所向披靡
英姿飒爽——

悬然飞倾，纵身跌落
就是敞开的——
水推涌着水，风推涌着风
白云推涌着白云
将醒世的清凉、剔骨的透彻
倾泻，挥洒
那些纷乱又有序的美

沐浴过天水、领略过奔腾激荡的人
生命已注入奔放不羁、骁勇善战
又柔软仁善的精魂
转身，看到栈道上满地黄花
这花絮，也曾纵情歌舞
跌落漫天飞云红晕

万物汇集

它是明亮的　安静的
一树又一树的桃花　梨花　玉兰
挥动着　粉的　白的　红的　黄的色彩　于万顷碧波中
点染远山如黛

自然的巨笔继续挥洒　浅淡　浓重
舒卷的云　罅隙里的阳光　水波上的微澜
触及内心的柔软
那比湖水还辽阔　还静谧的　一定是一个人的内心

在船头极目碧水入群山巍峨
心中就长出了连绵　茂密　丰盈
风来　吹我发丝凌乱　那映现的
在云霞　在远山　在渡轮划破湖水的寂静
在巨大的虚空　雪白的浪花翻涌

在太阳湖　我看见
——万物的汇集　和鸣　颂咏

千野草场，奔跑成莫奈的油画

先是缥缈云雾下的群山巍峨　那些山体的骨骼
浓厚的软绿　只是飘动的轻纱　坚挺的筋骨在方斗山脉
逶迤　它们一经出现　就向后奔跑

万亩火棘的丛林　此时它们吐出娇嫩的绿　喜人的芽苞
还不到白雪压枝头　果实红似火燃遍起伏的山峦
去年的红果依然在枝头娇俏　足够远道而来的人
惊喜　顾盼　我着一身红装　恰适这万翠青丛

一切都是迅疾的　在安排的秩序里　与时间赛跑
梨花　梨花　远远地奔向一树开得清远的花树
这些花朵在海拔1600米的高峰　它们娇弱的身躯装满
不染尘俗的高洁
梨花　梨花　梨花　我这样在心中呼唤
就是呼唤着　居住在我生命深处的
那个女子　她清雅　安静　自带和风

嶙峋的怪石　千奇百怪的石芽　石笋　石林
群羊下山　那些灰白的石头　每一块都是有生命的个体
柳杉　水杉密集挺拔的绿色屏障　搭建童话的丰盈
安然自得的牛群　低头吃草的马儿　这一切

都迅疾地向远处奔驰而去
还有我多想为它们多驻足　停留一刻的雪白的梨花
在我举起的手机中　挥洒　点燃成
莫奈的油画

龙河听雨

夜晚的山城　我认定　我行走在天街

淅淅沥沥　倾洒下来的是天水的沐浴

不必躲避浑浊的雨　它含有人间的粉尘与化学制剂

听一条河流的奔涌　就是听着欢愉的歌咏　古雅的琴音

汩汩淙淙　落向了心弦

那些快板与颤音　湍流　潺湲

抬头看见天上风涌的云　正是仙人衣袂飘飘

在龙河　忘却了万古的愁　抛却人间苦闷

夜雨清凉　落向峡谷河川　也敲打着我的窗棂

在酣眠中醒来　再次沉入天籁

我看见　从七曜山和武陵山的云雾中飘出来的巨龙

温情　慈悲　正在向万物播撒祥瑞

感恩上苍的垂爱

"感恩上苍的垂爱吧！"
我说出这话时　刚刚从大巴上下来
站在铜铃山的入口　马上我们就走向
深入峡谷的木质栈道

仰望天空　那集聚浓重的云　正在迅速分解
散去　成为朵云　在天空悠然闲适
太阳露出明亮的笑脸　整个世界都辉映着金光
巨大的感恩　来自心底的涌泉
生命漾溢出欢喜

从石垟林到铜铃山　眺望车窗外　不止为鲜花绽放
雾岚曼妙　云霞壮美　看这些迅疾远去的美时
我是一直都在观天象　在心中祈祷的那个人
此时阳光温和　铜铃山的软绿散发着雨后的清新　洁净
所有的一切　都已准备好　为我们的来到

诗人是被上苍宠爱的孩子　沧海桑田
无论尘世如何纷杂沉重
依然保留着一颗简单　柔软　敏感的心
现在　这些被护佑的孩子　欢心地回归了自然

在铜铃山的山水间　与草木　溪流　泉水
细软的苔藓　汇合　戏耍　交谈
他们融入铜铃山　就回归了神仙

万物映现，我们交换了彼此

铜铃山宝石璀璨的夜空，流星突然滑落
惊心动魄的一瞬，打破静寂
多年前的那个我，依然把自己靠在竹椅中
专注的双眸，望向宇宙的阔远

在小瑶池、在观日台，无论是旖旎曼妙
还是云海翻涌，瞬息万变，我都是那个在尘世中
回来的人。静静地沉溺，陷入永恒

遥远的期待，策划的就是一次回归、一场相逢
走向木质栈道，就走向了熟悉的气息
绿树撑起浓阴。我总是在高高低低逶迤的路上
回顾，要不时地停下来，为刺毛杜鹃、青皮
杜仲、椴树、鹅掌楸、南方红豆杉
拍照。我知道，这一别，又是经年

贴近石头，就听见了润滑的软语，伸出手去触摸
毛茸茸的苔藓，纤小细软的花朵就贴近了
我的心房。贴近水流，就看见了幽微的世界，就看见水草
招摇着手臂，美丽的鱼儿排着浩浩荡荡的队伍
井然有序地到来

在水边辗转，歌舞，凝神
我看到天光，白云的倒影，树木的倒影
万物的影像与另一个自己
我们已达成了默契，互换了彼此
当我走出阳光的雨帘，回首铜铃峡
蓝天催促着白云，赶来送行

在白云庵

青石铺展长长的路径，蔓延的青苔导引
小雨止息，晶莹的水珠挂满树枝
照世界万千微妙，剔透照亮剔透

四月的仙山，水嫩温润，红枫古道，密集的丛林
每一株植物，都吐着水嫩的芽苞
满满的，都是孩童的脸，婴儿攥紧的拳头，伸展的腰肢
青藤挽着青藤，古树参天伟岸，无处不在
新生的芬芳
输入周身，沁入骨骼

此在，水嫩的花朵，娇小的叶片
都是来渡人的船只。心被化得柔软
柔软得化开，成为清澈的水流，高山的瀑布
在峡谷成为清泉，在天上成为云朵

在白云庵，看层峦叠嶂入云霄，仙雾缭绕
沿着陡峭的青石向上攀登，朝佛的路上
佛端坐在心中

留下空　听经悟法

祥和安宁　在安福寺我大脑处在　虚无的状态
天圣山峰峦叠翠　环抱着庄严殊胜的庙宇
给出巨大的空　辽远的空

住持方丈达照法师站在空旷的日月台　把我们迎接
他有不为世界万物所动的笃定　有将一切都
了然于心的安然　他的语音在水面上凌波　一枚菩提
就把我们引渡

在洗心台洗心　清冽的山风飘来　也洗了肺腑
尘世的浊污　都已涤净　留下空　听经悟法
佛陀慈悲　光照一切　我们从方丈的手中接过燃起的香
光芒　涌流了周身
阿弥陀佛　这些诗神的孩子　同是佛的孩子
依次　跪拜
一颗又一颗温软的心　向着无量佛　无边的慈悲
向着生命深处的自己

我爱你绿水倒映的天光云影

见识了长白山天池的神秘，也领受了它的震撼
我正是从那里下来，一路感叹，来到了
绿渊潭

依然是看不够的岳桦树、美人松
依然爱着那每一枚叶子的绿、黄
红得鲜亮，还是令我喜爱
跑过去亲近，拍照

绿渊潭，在岳桦林簇拥的宠爱里
两条银龙悬然扎入，它们的长度是
浩浩荡荡、绵延长流。那集聚而来的白色的水流
成为绿。绿得荡漾，绿得迷幻，绿成了深渊
依然，绿得清澈、明晰

站在桥上，细数流光溢彩
在心的画布上，调动着色彩临摹
云朵的游移，树枝的漫舞
墨绿，把它们一再洇染、调和
天空、大地、树木、水流，一行大鸟
恰好飞过
绿渊潭，我爱就爱

绿水倒映的天光、云影
一刻间，恍然亿万年

站在长白山天池边上眺望

在十六座雪峰的簇拥下，一潭碧蓝
闪烁着晶莹剔透的光芒。它的润泽
在庄严的法相中肃穆，冷艳，神圣——

站在天池边上眺望
被洁净、盛大侵袭、包裹
清凉，浸润到每一寸肌肤、骨头
我的眼眸，闪烁出的惊艳
定是这水微漾的碧波，我已听不到了
尘世的声音

那些晃动在身边的人群，是多么遥远
他们来到，和我一样，丢失了赞美的语言
在无边的寂静中，我听得到来自水中的
喘息，洒落下的天光，溅起细碎的
白银——

水中漾起绛紫的光晕
在不舍眨眼的迅疾里，绽放出硕大的花朵
一个簇拥着另一个……那酥酥的
花开的声音，却响在我的心房

而后在心尖上颤动，微漾
这龙潭，海眼的天池，你来到
才知道什么叫神秘、圣洁

我们是深得上苍恩宠、神灵眷顾的孩子
清晨出发时还在下雨，走后天气突变
而闭山。只有我们到来的时刻
云开雾散，天空明澈，阳光照耀，
布施温暖——

没有一丝的风，它们仿佛退避在千里之外
在登顶长白山的那一刻，云彩疾走的身影
倒映在长白山广袤的林丛中
哦，这示现

心生敬畏，再次感叹
人外有人，天外有天，宇宙间存在
多维的世界——
在长白山高入云霄的海拔中，那些努力挺向苍天的
树木、丛林，携带着居住在其中的
万物生灵，回到了草丛的小

仙子浴

想到在长白山温泉中，我们的"仙子浴"
尘世中哪还有疲惫、不适
疼痛与困扰？那些烦忧，浸入水
就化为虚无

在温软、柔滑中起身，来到水帘垂落的
幕布下，华美的床正等着你，把自己躺成
水晶宫中温婉的龙女，或是在水中抬起头来
娇媚的水妖

这画卷，是写实的，也是抽象的
这经历，是现实的，也是梦幻的
想到小鱼成群地涌来，那贴肤的亲近
恍然，是它们的姐妹

而我记忆更深的是诗人三色堇的描述
在水汽中，她的语音是曼妙的：
"在雾气缥缈的温暖中，举手接着纷纷飘落的白雪"
于是，想到北方冬日的雾凇，剔透晶莹的
绝美——
那些遥远，慢慢成为迫切

我渴望长白山冬日的温泉
群龙喷吐的珠玉，洒落在岳桦树
每一个，伸展出去的曼妙的手臂
高举的颈项、头颅
那是怎样的，风姿绰约
超然娇娆——

重新思辨、定义生与死

生与死，倒下与站立
在腐朽与坚挺、凋谢与蓬勃共存的
长白山森林中行走，那弥漫而来的双重气息
它们交织在一起
芬芳的绽放混合着腐烂的味道

挺拔的美人松，峻挺的白桦树
直耸云霄，每一个都高举凌云壮志
还有那些千金榆、花楷械
它们的丰茂，过滤着倾泻的阳光
那些被筛选而下的光速，具有了喜悦、神秘的
意蕴——

而那些倒下去的树木，它们的死
成了森林的温床，在腐质中生长出蓬勃的小树
就连那些剥落了树皮的骨骸
嶙峋、伸展的都是生命的体态

时间幽深，生命玄妙
如四季的轮回、更迭，传递着生生不息
那么，又有什么是伟岸，什么是渺小？

在彼此滋养、互助、共生共存的
生物链条中，不过是各尽其职

在匆匆的经过里，我为那些峻拔的树木
心生仰慕，也为眼前的青苔所注目
在腐烂的树木里嗅到新生的欢愉
阳光的罅隙中，几株举着素白花穗的
蕈吾，吸引了我的目光，它们纤巧、柔弱
却风姿卓绰约

在长白山，往来于地下森林的路上
我重新思辨、定义生与死

世界沉入美的沦陷

这是一次美的征服，而后就是沉迷
在海拔3059米的高原，阳光的翅翼，风的箫音
落入褶皱波涌的水。
风起云涌，耀目的玄幻
世界沉入美的沦陷。一场又一场雪
析出盐的晶体，银河阔大，星光翻涌

迷离的光晕，清白、明亮
来到的人都将成为幻影、虚无
恍惚、迷醉，惊异地发现最美的自己。
呵，是上天举着巨大的明镜，照见万物
也照见，多维的世界——

而我，已经忘记了自己是谁
身体瞬间，长出柔软的羽毛，长出翅膀
长出七彩的光焰。在绵延的福音中
只想飞翔，或更深地沉沦——

日出，茶卡盐湖

睁大了眼眸，而后就屏住了呼吸
在默默的凝视，期待中
终于看到它一跃而出
这新生的婴儿，是多么娇嫩
这新生的婴儿，是多么光洁

它携带着水汽、梦幻、福音，永恒的眷念——
充满希望的力量，蓬勃来到。
我用左手紧紧按住，跳动的心房
水，漫上来，漫上来
激起涟漪，一层又一层

茶卡盐湖以它的巨大宁静、安详，为太阳洗浴——
微漾的水波，轻柔、和缓
我看见，天母温软、轻柔的玉指
轻轻滑动

多么宁馨，一行大鸟飞过茶卡盐湖的天空
把倒影，投放在水中
宏大的乐音响起
世界骤然明亮、耀眼

星光洒满茶卡盐湖

不是梦幻，也不是妄言
风止息，并撤退八千里之外
安详、静美、和悦
满天的星星都为赶赴一场
盛大的朗诵会，缤纷耀眼

歌咏自然大美的人们，定然会得到神的
庇佑；歌咏自然大美的人们
自然之神，与之同在

没有一丝的风，宁馨的温暖在人群中
流动、传递——
每个上台朗诵的人都穿着自己喜欢的服饰
有着漂亮的发型。在抑扬顿挫
饱满的情绪中，优雅、从容

2018年9月10日的夜晚
在茶卡盐湖，我们不是仰望星空
而是与璀璨的星星，一起颂咏
照亮着彼此

一直有福音伴随

一直有光芒照耀，细腻、柔软
瓷的光泽与水的鲜润。
一直有福音伴随，温情、饱满
祥和，是月的明亮：自在，是星的璀璨

来过茶卡盐湖的人，都是有福气的人
来过茶卡盐湖的人，都是神的孩子
听从了感召与牵引。
在尘世驻留已久，需要补给新的能量
需要补充盐、钙、水的柔情、山的脊梁

这些茶卡的水，会给予你
茶卡的大青盐，会给予你
巍峨的昆仑山、绵延的祁连山，会给予你

在小火车的行进中，探访悠久的时光
在湖边散步，湖心起舞
抑或是在某个清晨，某个傍晚
在朝霞、晚霞的光芒中眺望
凝思，即便你匆匆来到
在湖边站一站，转身离开，你再也不是你

你是被西王母呼唤，又被恩典的孩子
你是被一千位巴里拉登牧祝福的人
你接受了福食之尊的女神穆瑶洛桑玛的赐福
来到天空之镜，被照耀，被开示
带着神的福音、加持，重返人间

起舞，在茶卡盐湖的光影中

是风涌动，水吹拂，音乐的催促
女神，轻触了按钮
在阳光洒满茶卡盐湖的清晨
我只想起舞

在阳光洒满茶卡盐湖的清晨
不起舞，还要做什么？
起舞，就回到了花朵绽放的颤栗中
起舞，就回到天鹅飞过的万里长空
起舞，就回到女神行走的天街
起舞，就回到水波的漫溢、温慈的宫殿

起舞，是一个女人一生的爱，绵软
仰慕，期许，挣扎，翘首
起舞，这漫漫人生何其遥远
又何其短暂？

起舞，在茶卡盐湖的光影中
就拥有了千年的美妙、绵长

在穆瑶洛桑玛女神面前的祈祷

蓝得如洗的天空，奔跑着的不是云朵
是神的坐骑，每一朵上都有神仙。
望着茶卡盐湖天空，我在迅速抓拍的喜悦中
感慨着自己的幸运
这是一年之后的再次来到。

风，猛烈地吹。2018年9月10日下午的青海
在茶卡的湖边，我们是从遥远之地赶赴而来的人
为夜晚的朗诵会彩排
风吹乱了每个人的发丝，风吹起水中的寒气
风吹得有些焦虑，有些担忧

起身，我来到穆瑶洛桑玛女神面前
默默祈祷，祈愿美丽慈善的女神为我们
诵平安经——
为这个夜晚，风能止息
抬起头，再次望着剧烈飘飞的彩色经幡
心中升起安宁、平静
风，尽管还是猛烈地吹

翻越大冬树山垭口

不是晕眩、不是缺氧、更不是从茶卡盐湖而来
金银滩、天峻草原、青海湖
雨后的刚察县，这些路上的途经
是通往天庭的路径

沉积的云、奔涌的云，阳光突破厚重
一枚红日照耀，倾洒万道光芒
挥袖间，又是浓重的云
倾洒细雨、大雨，骤然又是雨歇息
远山巍峨苍茫，近处草原延展辽阔
黑的牦牛、白的羊群
它们不只在吃草，是走在去往天庭的路上

神的气息、雨的气息交叠，弥漫在雪峰明亮的高山
芳菲飘逸的草原。若隐若现
神的踪影，在巍峨刚健中，在苍茫的雪线之上
当翻越了海拔3847米的关角山
又翻越到海拔4120.6米的大冬树山垭口
我的脚下已是踩着一朵云

是谁在煨桑、谁在诵经、谁在为众生祈祷

挂起经幡?
恢弘、壮阔，在高处不胜寒的云端
是谁命令我闭上双眼——
"翻过大冬树山垭口就是祁连县了"
谁在这里布道作法
往来的众神啊，哪位是我前世的亲人
我不能看见?

是连绵的群山，抬高了人类的瞭望
是转动的时空，把我们送抵雪山的高度
时间还没到——
翻江倒海，轰鸣与闪电
我必须以弱小的身躯，来体验沧桑巨变
我必须以紧闭的双眼，来回避
不慎道出的天机

梦里梦外

迷离、恍惚，是我进入了仙境
还是仙境潜入了我的梦中？
曾来过啊——
又是在哪一年，哪一世？

我的脚下是轻软的，身体披着羽翼
只要一纵身，就会飘起来
一跃，就能飞到高邈的天庭
回望人间

而此时，我走在丛林指出的小径
野柳、刺槐、云杉、圆柏
它们以青葱的绿，给出另一个维度
颠覆了，一路走来领略到的苍茫

天空碧蓝、明镜高悬，在灼人的光曜中
走进花海。金灿灿的黄，软悠悠的黄
招摇手臂，亿万朵油菜花
肩并肩，手挽手，把温婉曼妙
延展到阿咪东索的近旁
而我在花海中俯身、啜饮、沉迷

千回百转——

伟岸的阿米东索耸入云端，神秘了我仰视的双眸
每一缕青葱，每一道沟壑，都隐匿着传奇
每一道光影，都是神的踪迹
镂刻在阿咪东索肌肤上的化石树，是多么坚定
上达下承，传递着神、人、万物的信息
滔滔的八宝河，潺潺流过

注：阿咪东索为藏语，意为千兵哨卡，汉俗称牛心山，蒙古语称之
为"乃曼额尔德尼"，意为八宝山，根据藏族地相学的介绍，阿咪东索
四周的地形呈吉祥八宝之相，祁连地区的藏族、蒙古族、裕固族等信仰
藏传佛教的群众更是敬奉阿咪东索为祁连众神山之王。

人间万古的河流，湍急奔涌，潺潺湲湲

娇娆的、明艳的卓尔山
另一个好听的名字宗穆玛釉玛，她女性的身躯
从未辜负每一缕光照，以丹霞似火
宝石的光润，回以照耀与恩慈

而我们来，她收起华袍锦服
敛起耀眼的明艳。美丽的红润皇后
着素衣、穿白袍，于高邈之云端
盈盈款款、风姿绰约

静极、虚极、空极
倾洒的雨止息。嘘唏、惊叹中来到天境
空气清冽、洗涤肺腑；
凉风袭人、穿透脊骨。
翻涌的云、缭绕的云、飘飞的哈达云
礼毕，众神向远方撤去
为我们让出了天街

洁净、清爽、空蒙
万古的空、万古的辽阔、高邈耸入更高的云端
飘逸、袅娜、气定神闲

我又回到了我

人间万古的河流，湍急奔涌、潺潺浸浸

卓尔山，一只小鸟等待与我相逢

响翠、清亮——
如欲滴的雨露，如融化的冰雪
悦动着阳光、欢愉
惊喜——是你啊，可爱的小鸟
突然，现身在我的面前
以一朵小花的柔软与曼妙

在海拔3100米的高峰，在无限的空冥
与辽阔中，一只小小的鸟儿
将我从恍惚、迷离中唤醒
却又陷入，另一个迷幻

亲亲的小鸟，我知道
你的歌鸣，是唱给我的
你的雀跃，是跳给我的
在我转身离去的路口，与我近在咫尺
面面相对——
你唱啊、唱啊、唱啊
朝我不停地点头

可是，小鸟。我是一个

饮过忘川之水的人，从遥远的凡尘而来
早已忘记了我是谁。那么
你又是谁呢？你又是谁？

我的脑海是如此的浑浊啊，无法打捞起
沉潜的记忆，无法追踪过往的烟云
我就这样将你的样子储存在记忆里
带着迷惑，从卓尔天境
一步、一步，返回人间

我叫你云儿，如何？
亲亲的小鸟，在这个尘世
我就这样想你，唤你

风
吹
草
低

在阿柔草原，兼致昌耀

阿力克雪原的大风/可还记得我年幼的飘发？
——昌耀

这是被您叫做阿力克雪原的阿柔草原
那飞扬了您记忆的大雪，在阿尼玛卿的山顶
与厚重的乌云接壤。有区别于云层的光
有区别于云层的白，有区别于云层的恒久

我们来时，阿柔草原的上空正飘着细雨
午后雨止息。我们纷纷涌向草原
涌向写着经文的玛尼堆、五彩的经幡
天空密布的云依然浓重，压迫着绵延的阿尼玛卿雪山
压迫着我紧促的呼吸

除了远方气定神闲游走在青草上的牦牛、羊群
我总感到还有，更多生命的存在
在青草、在花朵、在静静穿过草原的八宝河
在近旁、在腹地、在绵延的山麓与草原的
衔接带——
让我想到您说的：巨灵

阿柔草原，有别于我走过的所有草原
因阿尼玛卿头顶陈年不化的积雪
因苍茫坚毅怀抱中的柔软

有您沉重的呼吸、眺望的双眼。罡风吹啊

您的身影——

过阿柔大寺

山一程、水一程
修炼了多少世，能来这里？
在阿尼玛卿雪山脚下的阿柔草原
诵经、祈祷——

苍莽、辽阔啊，又是多么细润、温软
飘飞的雨丝、潺湲的河流、纤弱的小花
盈盈的碧波——
庞大的，黑色的母牦牛哺乳着小牦牛
眼光、体态
是多么慈爱、多么温情

盈盈的碧波啊！在母牛的眼中
在天上人间的阿柔草原
滋养着万物生——这磅礴、沉郁又轻盈
美妙的，不可思议的祁连高原
古老的经文在玛尼堆、经幡、风马旗
空气、多维的时空流转

唵嘛呢叭咪吽、唵嘛呢叭咪吽、唵嘛呢叭咪吽
我在六字真言中，心潮翻涌

我在六字真言中默默祈祷，向着擦肩错过的
——阿柔大寺
我心中的酥油灯，已点燃

于峨堡古镇

辽远、广阔，草肥水美
游走的牛羊、飞奔向天际的骏马
招展的经幡在这里——

也曾刀光剑影、金戈铁马
而绵延不绝的商旅驼队
商贾云集的古道丝路，茶马古市
一起都隐没于时间的瓦砾

有什么能成为永恒？
我站在古城的残垣断壁前凝眸眺望
历史的尘烟、风云滚滚

在祁连天境，还没离开就已眷念

请原谅，我如此贪婪
在自然山水的美中，总是深陷得不能自拔
在祁连天境，我还没离开
就已眷念——

这里的雪山、这里的云霞、这里的阴雨
这里的晴空、这里的曙光与暮色
这里的星空与河流
这里的植物啊，柔软的、坚韧的
我还没来得及细细打量

一如我在清晨猛然醒来，扑向窗口
急于拉开吉缘饭店406房间的
窗纱。一眼望去仙气围绕着卓尔山
缥缈、曼妙，我还没来得及掬一缕在手心
嗅一嗅，而后把它放在胸口

祁连啊，这神、仙、人
万物往来，共生共存的绝密之境
我如何来传递好，这跌宕而来
纷繁丰富的信息？

我该动用哪些色彩来表现好你的光影与明暗？
我该动用哪些词汇来传达出你的神秘与微妙？

雨夜，双河客栈

雨，在溶洞朗诵会后到来
那时我们已经从高耸的天庭重返了人间
诗人是上天宠爱、庇护的孩子
再一次被印证

细雨拍打着我喜爱的芭蕉、银杏、珙桐
红豆杉、鹅掌楸，也滋润着银莲花、三角梅
新月蕨、黄金菊……
双河客栈，浸润在水雾里
我撑着伞，逐级而下又拾级而上
在青石上，揣摩雨的节奏

我爱极了这夜色空蒙、群山拥抱的双河客栈
它是那么婉丽、绰约
灯火闪烁中，醒着的、睡去的
都已在温馨的摇篮中

看见双河客栈在雨中轻轻晃动
那温情的双手、肌肤的香醇，天神啊
是多么慈爱
我在河的对岸，眺望彼岸

看人间灯火却也是天堂精妙

寂静、空蒙，席卷着万物强大的气息
我与一只淡黄花文身的蝴蝶相遇，它扑打着双翼
围着我转，飞到了我停住的脚上
又旋转——
我诵经，它飞回安全的草丛

弱水三千

想到十二背后的双河溶洞
我的心，依然颤动
震撼、惊艳、美轮美奂
这样的词汇不足以表达。在玄妙的世界
我睁大双眼，屏住呼吸

弱水三千，明镜高悬
壮阔奔涌的世界，络绎不绝的众神
他们走在朝圣的路上。
我先看到长袍飘然的观音菩萨
而后就是诸佛。诸佛肃立的对面
是佛祖端坐——
"阿弥陀佛，阿弥陀佛，阿弥陀佛"
我心怀虔敬，诵咏出声

佛祖正在讲经说法
我来到，我看见，我听见
润泽绵延弱水三千
往来的众生都在恩典之中

于剔透的水面上，我悄悄辨识

众神中我认出了太上老君，和他在一起行走的
是个小童子
我所置身的世界，已超越人间的藩篱
而我必然要返回凡尘
带着洞悉的秘密，和一颗敬畏之心

生命之门

光摆动着凤尾　闪电进入
我看到　水蛇的腰身　扭动曼妙
而我说不准是狼头　还是狐狸的头
它努力　在嘴中
诞生出血红　万物在襁褓中
化身——

谁从此经过　谁是它吐出的
婴儿
凌晨三点多　把我从深眠中唤醒
怂恿我说出——
它不是地缝　是生命之门

石头上的花朵

天门开启　一块天青石被阳光
抚摸　亲吻
它就生长出润滑的软语　呢喃

而一头向上奔跑的长尾巴黑熊
否定我的说法
它以决然的姿态
告诉我　那是它播下的种子
散落的花朵

在一块画布上对话青溪峡

在这里进入青溪峡
从一块画布上，临近它的巍峨
宁静、潺湲与激荡

坚硬的岩石，洇渍出孔雀开屏
又生长出青藤茂盛的柔软
这烟波浩荡，这流转的画卷
翡翠的碧绿收藏过往的舟楫
云影、鸟鸣、风声——
那些开过的花朵，依然俏丽飘逸
那些未开的还走在路上

时光流逝，又跌宕而来
被它凝望过的，终将成为永恒。

装满童话的日月湾

多年之后　我依然会想起马鞍草
想到马鞍草　涌向脸来的微笑就会让时光
恍惚迷离——
水润碧绿的马鞍草是如何长在了
每一个人的鼻子上　那群俏皮的人
一再被大海所纵容

得到大海宠爱的人　月亮也为它们举起灯盏
细腻柔软的沙滩　把每个人都变成了赤脚大仙
他们放下了尘世的戒备
这些远离料峭　险滩　深渊的人
在月亮湾　回到了童年

而马鞍草　静静地守着夜色
挖螃蟹的人　在把最后一个螃蟹放生后
才发现　并研究这些绵延的藤蔓
它如水蛇　把自己伸向人海

万物有灵　马鞍草呼应了我们的气息
在看日出的那个清晨　大海翻涌着波涛把我们撞击成
沉迷的浪花时　它正开得艳丽明亮

它又是那样恬静　等在我们从大海返回
装满宁馨　浪漫的森林客栈的路口

美丽的马鞍草　也叫牵沙花的马鞍草
魔术般地开满了沙滩　把小桥　两只吃草的马儿
一条潺湲的淡水河流　晃进水中的椰子树　指给我们
无法拒绝这美丽的邀约
在马鞍草的花丛中　又一次陷入迷恋

风
吹
草
低

做一个柔软的海螺姑娘

诗人们的朗诵会结束，日月湾收起
澎湃的激情。我举头看了看月亮
它正走向丰满，在森林客栈的上空
美得迷离恍惚。它晃动着，在蓝色的游泳池中
顾盼醉影——

酒席摆设整齐，朦胧的光晕，等待迷人的夜话
等待一场歌舞，等待招潮蟹忘情地弹奏
等待海边的一场音乐会
而我在椰风中起身，挽着自己长长的身影
带着三角梅的芬芳，亚热带植物的丰盛汁液
悄悄地撤离
只为把6222室那张洁白的床，蔓延进波涛汹涌的南海
夜色静谧的南海——
做一个柔软的海螺姑娘

静静地做一个海螺姑娘有多好
任涌来的万朵浪花，推向风口浪尖
屏息间，就领会了大海的神旨，无边的神秘

塞壬止住歌声

塞壬止住歌声，收起了翅膀，倏然转身消失于
海的苍茫。海的魅力与风涌的蛊惑
不是一个神话就装得下

我来时，不是云彩遮挡了太阳，而是
冉冉的日出藏起了行踪
有什么落寞，又有什么遗憾可言？
细沙柔软的海滩，大海拍击的岸，每一分，每一秒
都是上天的馈赠

当我辗转歌舞，扬起长长的红丝巾奔跑
涌来的海水，一次又一次
吻着我的脚踝，而后退去
而后涌来……
长长的裙摆被浸湿，成为大海的助手
当海浪再次汹涌着扑来，欲跳起的我
左脚被紧紧缠住，瞬间被扑倒在白色的浪花里
先是惊惧而后就是开怀大笑
还没等站立起来，海浪又一次扑来

我是如此深陷与迷醉，激荡着享受海浪的冲击

一潮又一潮，扑来的不是凉而是深海的暖
在白色的翻卷的浪花里，成为一只欢悦的海豹
这欢笑，这沉迷，在浪花里，在天地间
如果承载了海女的美丽、娇娆
这个清晨的日月湾，颠覆了亘古以来塞壬的歌唱

大海退去，呈现万物峥嵘

无法说出更多的好，美妙与神奇
在仙山佛国
一个凡俗的人，每一次俯仰都是惊艳
每一步行走，都是感恩。
此时，我是一个哑默的人。

碧绿叠翠的南海第一山，它首先是用浓郁的绿明艳的花
迎接了我们，那一树又一树的三角梅
俏丽温婉的黄金盏，每一个都是仙子指路。

远眺正笏凌霄，近受慈航普渡，行走在巨大的岩石间
穿越幽暗的洞谷，都会听到大海翻腾的巨浪
——大海退去，呈现万物峥嵘。

伸出手触摸霹雳的石头，那些岩溶的花朵
遒劲的树根，嵌入的力
仰头便承恩了七彩天光。穿行在龙宫中
此时，我就是天地的使者。

而在华封寺，在菩萨面前泪水流满面颊的我
心中涌起另一番波涛——

再一次领悟神秘的力

当我指给你看　那奔涌而来的波涛
先是被那渊薮的绿所吸引　还没来得及说出什么
已被猛烈地撞击　倾覆　淹没

这席卷　喜悦瞬间成为惊恐　在大海的波澜里
不由自主地沉浮　我们成为一个失去了自主能力的水母
没人发现我们么　我是多么害怕你像海带一样
被海卷走　紧紧抓住你的手　祈愿神明

终于有人奋力地把我们从海中拉起
让我们站立起　成为一个人
当我睁开眼　看见一个红色的身影
转身向墨绿的深处走去
阿弥陀佛　他是菩萨派来的啊
慢慢地　意识返回　我终于可以把红色的背景归还给
一个人

在危难时　瞬间来到你身边的人　向你伸出手
把你打捞的人　就是你生命中的贵人
你的贵人从来不会说出很多　而我们再一次领悟莫测
神秘的力　再一次心怀巨大的感恩

在日月湾　咸涩的大海　先是蛊惑了我们　纵容了我们
以开玩笑的方式
又狠狠地教育了我们　启示了我们
昨夜　我们在回到童年的欢愉里　成为淘气的人
在一群挖螃蟹的人当中　抓住它们　又放了它们
惊慌的它们向大海逃遁
失去了家园的螃蟹　相当于人类经历了一次强震

神树涧古柳

断裂是一种美，匍匐是一种美
挣扎是一种美，腐蚀
亦是
一种美

面对暖阳、丽日、温情的细雨
面对沙漠，骤然而起的肆虐的
狂风、暴雨
疤痕、年轮、骨骸
都是自然的维度、时间的记忆

而此时，我看到的是舞蹈
以雕塑的永恒，赋予生命的形貌
孔雀开屏，龙腾跃，马嘶鸣，两个可爱的小猴子
探出头来观望，还有谛听的耳朵、翘起的胡须

流动的水，生命的血液，顺着沧桑、力道
遒劲地弯曲，抬举出盎然的生机
我看到岁月背后的
第三只眼——

静美的时光铺陈着安谧

九月的暖阳照耀靖边，微风在毛乌素沙漠
传递消息——
我们被大片的葵花吸引住时，并不知震撼将应接不暇
无定河边的神树涧，它在席地滩
静美的时光铺陈着安谧
在一束束光焰中，我看到诸神驾临

站在千年的古柳前，不言沧桑，仰望、低伏
都回到微小。一个人的生命不及一棵树长
而我在古老与新生中看到，生命的绵延、浩荡
只要把根深深地扎入大地
只要头顶的蓝天浩远，雨水慈悲
只要心中有坚定的信念
腐了可以开屏舞蹈，裂了就敞开坦荡荡的胸怀
老了深入土壤
不死的灵魂向上传递着生生不息

于是，我们看到树顶的茂盛与葳蕤
树叶，沙沙作响承接阳光的福泽
这有形与无形的存在，让我想到
绵延不绝、阴德厚重、祖上庇护

在初秋的塞北，逢上了水乡的初春

它是龙洲丹霞的一个点，或是旁逸斜出

它是陕北大地以雄浑、苍凉

厚重之名，包裹起来的一块软玉

初秋的靖边，清风合唱，暖阳艳丽

我们的车越过大片的玉米、高粱

荞麦、葵花地，然后深入谷底

在窨子沟，探取到的绝尘风光，

令每个人都睁大了眼眸

重新打量。陕北——

在表述的陕北样貌中，必须注入新的词汇、新的元素

劈开峡谷丹霞的山体，温软碧绿的水

像一枚巨大的宝石镶嵌入谷底

温软碧绿的水它不是水

是一块软玉，散发洁净的光泽

我们在温润中行舟，看两岸的山岩

红色、褐色、赭黄，碧绿的草木点染着

旁逸斜出、恣意而坚韧的美

它们把自己倒映在碧绿中，激起荡漾的涟漪

让我们重新确认，这是水

舟在水上行，拐个弯就是别有洞天
水中出现的杨柳，袅娜、清丽、婉约
我们在初秋的塞北，逢上了水乡的初春
此时，天公作美，在碧蓝的天空放牧着白云
一直把白云放牧进，碧绿的水中
这美的渊薮，竖起料峭

让船家停下行进，凝视山崖上的窑洞
舞动的飞天，恰好飞过的鸟儿
再次抬高我们波动的心弦。我看见
飞龙将头探入水中，巨大的鱼在晾晒它黑色的脊梁
而几棵疏落干枯的小树，演绎着珊瑚的舞蹈

我忘记了表述的语言
想着如何调和色彩，怎样的笔法来呈现
这万千的形态，这迷人的画卷
一定也要用上音律，那微妙的，轻轻触摸上去的
颤音——
而后，风止于水，止于山
止于微茫的宇宙
我回头，看到巨大的元神镇守着山门

在武乡，感恩涅河

看到涅河水潺潺流淌时，便看到了两岸茂密的
植物。那些碧绿披挂于土崖、高岗
那些细碎，繁密的花儿，开满沟壑
涅河清澈，把自己一再放低
我在疾驰的大巴上眺望，它俯身穿行
把两岸的万物举高，一些树木直入云霄

想到天上的银河，想到夜雨倾盆降下甘霖
雨雾弥漫，天地相合，银河举高了涅河的水位
那些山坡，山冈上的高粱、玉米、荞麦
它们欢饮的声音，催动噼噼啪啪的拔节
那些痛饮的甘霖，也就倾注留守老人、妇女们的心田
这一年的期待与守望，都在敞开胸膛地灌浆

一切美好都可期待
窗台上的玉米，金黄饱满
红艳艳的辣椒、结实的谷穗，重新鲜亮了老屋、新宅
阳光照耀，墙壁温暖
日子旧了，年年月月日日，都在翻新
他们安于劳作，安于恬淡，安于守望
他们给远方的亲人打电话：

"放心吧，家里都很好！"

乡村需要他们留守，乡村需要故土难离
那些生产玉米、高粱、谷子、荞麦
土豆、大白菜的地方，是我们的故园
是辽阔的祖国庞大的根系
父母亲人在，那才是我们回得去的家
在武乡感恩涅河，就是感恩天下所有的母亲河
感恩血浓于水的家园

我们领受了朴素而伟大的教义

老磨盘　断墙残垣 带着古老的记忆
晾晒斑驳的时光
身怀重孕　等待做妈妈的大花牛
有恬静的幸福　它环顾着我们的到来
并不被惊扰
垛放整齐的木柴是多么干净　又是多么端正从容

在大片的葵花地里被美照亮的我们　也被金黄浸染
奔向油亮的谷子地
弯下腰　沉甸甸的谷穗
正垂下谦卑的头颅

在五村　我们领受了朴素而伟大的教义

过黄河三峡

再也不要控制自己，当我从一楼的船舱
返回到渡轮的顶层，风吹动我的长发
八里峡带动两岸壁立的山峰，向远处的烟波退去
众神注目，浩水长空

此时，飞鸟不来，我就当鸿鹄歌舞
雾霭飘荡，我就当长纱轻逸，丝绸百转
当我打开了臂膀，风就吹起了我的羽翼
我旋转，山河飞动
我轻舒，仙人侧目

把自己轻轻放下，那么多的裹缚啊
那么多的沉重，那么多的囚禁都在放飞
我有云天歌舞的梦，有霓裳羽衣的曲
我有深幽的长廊，有百花的园林
我有淙淙的清流，有深渊的幽秘
我也有一朵小白菊的安静，一滴露珠的剔透

尘世困顿，我把它们收藏得太紧
此时，浩水长天，我把它们都
——放归

在龙凤峡，没有什么比这更惬意
缓慢地把自己放低，俯身跪拜
向万物致礼

黄河，你这微绿的清澈的水波
你的安静，收起两岸万物的身影
也收起了一个小女子，在渡轮甲板上的一次
疏放

寂静里响起锣鼓喧天

所有的寂静都会被打破
所有的沉默都会发出声音

就像这深眠的夜晚，先是一朵花
打开了翅膀，而后就是锣鼓喧天
就是深暗的隧道里，渐次浮现出
布满褶皱的脸

我势必要在这样透彻的时光里，来抒写
凌晨三点多，不管我用夜晚
还是用清晨，来诉说
起不起身，我都走在重返施加沟的路上

施加沟，你的寂静是深山中的一湖水
我们的到来，是石子击起的千层浪
我们拿着手机，相机，噼里啪啦地拍摄
我们大呼小叫地指这儿，又说那儿
那一刻，我们多么像突然飞来的一群鸟儿
雀跃着，叽叽喳喳叫个不停

先是看上了一棵挂满红灯笼似的柿子树

接着就是，大树上挂着的金黄的玉米棒

老墙上一串串的红辣椒、老葫芦

熟透的麦穗与旧的草帽，那黄的红的菊花

也开得正好

它们在灰色的墙前，加深了岁月的旧

笑着笑着，我眼睛就酸涩了

拍着拍着，我的手就定住了

一餐纯朴的午宴，捧献出的是一席奢华

这样的奢华，继续铺陈

一直漫过午后的时光

旱船抬出来了，毛驴牵出来了，锣鼓响起来了

那些红男绿女，不是年轻的姑娘和小伙儿

那些扭动着腰肢的也不是，那把锣鼓擂得响亮的

更不是。他们是我们的

老母亲、老父亲，他们爬满皱纹的脸

因喜悦而流淌出阳光

这响亮的锣鼓、这行驶的船只、这欢快的小毛驴

这旧的砖、旧的石头、旧的门窗与屋檐

"姬家山乡施加沟"旧的木牌

依山而立的，旧的村部
树木在初冬里，依然执着绿与黄
在这样的一个下午欢快了起来，明艳了起来
他们把我们的来到，当成了过节

笑着笑着，我的泪水就流满了面颊

比寂静更深的寂静

这些房屋空了下来　这样巷道空了下来
这些通向每一家　每一户的路
空了下来　这些考究的建筑空了下来

这些门当户对空了下来
那些青梅竹马　迎娶的大红轿子　两情相悦
空了下来
这些洁净的青石小路　这些高高挂在门楣上的
红灯笼　那个闲置的戏台
是空给我们的么　为了这个午后的寂静

我们多像天外来客　或是一群飞鸟
落入一湖静水　我们在这里潜水　酣饮
拍打翅膀　在这里小憩
而后又呼啦啦地飞走
好一个初冬
连绵的群山　把个古村落守护在盆地中

啊　这个巨大的聚宝盆　被空出来了
留下发呆的锁头护守着门庭
还有那些老树新树　爬在墙上的葫芦藤

那方救命的池水
为它而立起的古"判决书公示"

准备离开时　终是遇到一位老伯
和他瑟瑟发抖的小白狗　老伯为我们唱上一曲
沧桑的声音　回荡在我们远去的背影里

雨中的德令哈

——致海子

这是一座雨水蔓延的城，这是一座雨中
洁净、温情、柔软的城。
粉白、金黄、微紫、幽兰
这些在雨中含珠带露的花朵，都有自己的
芳名——
丁香、刺玫、三色堇、蝴蝶兰

这是一座雨水蔓延的城
从固始汗文化步行街，到昆仑路
格尔木西路、柴达木西路、冰河西路
再到巴音河，雨越下越大
紧一阵慢一阵的风，雨伞被吹得东倒西歪
斜斜的雨，打湿了我们的长裙

这是一座雨水蔓延的城
越来越密集的雨，落入碧绿的巴音河
潺湲的河流啊，就把它们带向了远方
我们停住在你的面前
一张笑得如孩子般灿烂的面颊
让我们的心，陡然升起悲伤
那时，你是多么孤单、多么荒凉

风雪离人

先是雨，而后是雪
朦胧的清晨，五大连池以清冽的空气
细密的雨，送我
揖手与我相逢的万物告别，它们在昨天
以熟透的美，阔远的天蓝，轻盈的白云
款待了我，这个远方来人。

它们以白桦、柞树、松柏、杨树、松柏的绚丽
为我铺地毯，披锦缎
这温暖的美酒，这恣意，一经入怀
我就还了魂。当我依树而卧，金黄的叶羽垂落于额头
阳光恰好吻上脸颊，我是代谁现形？
当我被厚厚的树叶覆盖，扬起双手
散落满天飞羽。我纯真的开怀大笑，有谁不会被感染？

太寂静了。我们走过的栈道，绕过的湖水
静得能听到咻咻的喘息。静得我站在桦树林中的身影
沉入了寂静。静得我在火烧岩上的探询
还是寂静——

雨是离人的泪么？缠缠绵绵

模糊了丛林的视线，那些涌来的，而又向后远去的
它们还没来得及把色彩斑斓的华服脱下
就披上银白的素洁。
是雪，是铺天盖地的雪
迅疾到来。是飞舞的白蝴蝶，是天使飘飞的翅翼
为我铺展着北中国辽阔壮美的画卷。

这是神的恩典，在五大连池通往机场的高速上
独享盛大的洁白——
2017年的第一场雪，来得多么及时。

我们就在这片琥珀绿的海域中一起诞生

——给女儿苏笑嫣

海水是绿色的　琥珀的绿　推涌着

一波又一波雪白的浪花

这是我见过的最简单　最烂漫的笑

是一个婴儿的笑　孩童的笑　纯净剔透的少女的笑

这笑是多么干净　多么纯粹

又是多么美

让你想去触摸　亲吻　拥抱

这是我见过的最温和的笑

是母亲面对孩子的笑　是菩萨面对众生的笑

是佛陀的慈悲　是光　是无量无边的爱

它拥有宇宙万物汇聚在一起的能量

宽容　博大——

因获得真知而泰然自若

孩子　我们坐在温软细润的白色沙滩上

抑或在海水中踏浪　游泳　那些碧波推涌着我们

载着沉浮与欢愉

温婉的漾动　让我再次想到　母亲的官房

它温情　轻软　托举着　滋生着

女儿　在遥远如梦的太平洋　在异域的凝眸里

我们就在这片琥珀绿的海域中
一起诞生
太阳慢慢西斜　倾洒光芒　满天的霞彩
瑰丽纷呈

亲爱的女儿　你看　你看
人生就是这样　有着无数次的诞生

眺望怀古

时光深邃 时光是一条悠远的古道
又是突然降落又升起的悬梯
一个才疏学浅的女子 庆幸千年后的来到
转身惜别 我凝视桄榔庵的上空
蓝天阔远 白云千古

风休住

—— 致李清照

隔着众多的朝代与历史，我来看您
仰头相遇的漂荡，在浩渺的烟波之上
那些颠簸不定，携带着创伤
撞入我的身体。骤然，涌起泪水
—— 满腹的悲凄

呵，天地苍茫，飘蓬一叶
四伏的危机与叵测，在怎样的路口狭路相逢
这人生的际遇，这浮世的烟云
我曾在声声慢中忧伤，在独上西楼中感怀
在人比黄花瘦中怜惜

一颗心在战栗，还是两颗心的战栗？
在百脉泉，我绕过东麻湾
画廊、流水、漱玉泉，站在这里掩面
流着千年前你的泪水，捂着今朝
我疼痛不已，一颗破碎的心

"风休住，蓬舟吹取三山去。"
"风休住，蓬舟吹取三山去。"

拜谒忠州刺史白居易

第一次抵达长江，是跨越忠州长江大桥
拜谒诗魔。这突然降至的相逢
恍然如梦。诗魔居住在古代
居住在我仰视的云端，今天我去见的是忠州刺史
被贬的人，因此他拥有了一条长江的浩荡

穿越万壑丛林，从石柱到忠县
一场梦到另一场梦，穿越长长的隧道
行进逶迤，《长恨歌》《琵琶行》涌上脑海
打捞粼光上的影像，咏叹岁月的歌谣

而香山居士不端坐祠庙，在长江边漫步、眺望
吐字成千古绝句。在东坡种花，忠国事，劳民事
兼济天下，也独善其身
小女子不才，却怀抱清远
深深一拜，再拜，仰慕挺拔飘逸的风骨

无端泪涌
—— 致李商隐

我曾久居于你的文字里　犹豫　彷徨

忧伤　迟疑

化解不开的浓重　积压层峦叠嶂

那些郁结的愁　弥漫了山河

我一再想借助歌舞　借助琴瑟

借助长箫短笛　借助一缕月光

而我的歌舞被取走

我的琴瑟被取走　我的长箫短笛被取走

那缕月光　也慢慢地被取走

想放声吟唱　我曼妙的歌喉被取走

这一世　终是唱不成音　曲不成调　舞不成风韵了

再也无需"心有灵犀""琴瑟相鸣"

一颗惘然的心　向理不清的纷繁低首

我已认领了今生

放下所有的虚妄　来到了你的面前

那一刻

无端泪涌　心潮淹没了"锦瑟"

载酒堂，拜谒东坡先生

我愿把这里叫载酒堂，而不是东坡书院
当然，我依然痴迷于，赤壁怀古中的豪放。
也迷恋，把酒问青天、起舞弄清影的浪漫。
就是刚才，我还在
"十年生死两茫茫，不思量，自难忘"中忧戚满怀
那思念的疼痛，美得多么凄迷。
哪一位怀揣诗书锦绣的女子，不愿为这样的男人死一次
死几次？

而在儋州，我更喜欢这个头顶斗笠、脚踏木屐的老人
他是多么可爱。在桄榔林中种桄榔，在山中采药
为乡邻医病，与黎民百姓鱼水情深。他谈吐风雅
语出幽默风趣。幽默是他的智慧哲学。
他的政敌不会想到，贬谪蛮荒之地的颠簸困顿生不如死
驱逐他出官舍那无处居住的寒凉，陷他于黑暗的深渊
他却活得如此，生机盎然
政敌拥有了朝野，而他拥有了天高地远的
自在、疏放。一个鱼鸟皆亲近的人
早就获得了拥戴的民心。

一个可把桄榔叶编制成帽子，戴在头上悠然自得的人

一个发明了椰子冠，顶在头上百姓效仿
高居朝堂的士大夫也效仿的人
他旷达的胸怀，怎么不会为人所喜爱、所追崇？
他在载酒堂会客，讲学，编书，著作
在蛮荒的海南开疆破土——
传播中原文化
"九死南荒吾不恨，兹游奇绝冠平生"
这奇绝的人生！

隔着历史的烟云，九百多年后我来到载酒堂
拜谒先生
我不可能是姜唐佐，更不会是符确
而一个弱小的女子，喜诗文，爱自然
却也崇尚伟岸，怀抱放达
深深施礼，膜拜傲然的风骨
不朽的灵魂——
千秋万代啊，这人世间，东坡只有一个

桄榔庵，访琼州别驾

阳光灼灼　闪动着白炽的光
用一个中午的炙热　去寻访景仰
走过迤逦弯曲的街巷　那些低矮的民居
它们是朴素的　掩映在木棉与凤凰树的绿荫里

途经或说穿越　对于朴素　低处的事物
我的敬意在阔大　一颗谦卑的心一低再低
在儋州中和镇南郊　我对街头巷尾　门前坐立或俯身
忙于农事的每一位农人　心怀恭敬　不敢小觑
他们的祖先是何等的仁善　正是纯朴敦厚的心
接纳　收容了世代景仰的高古伟岸

老屋　旧墙　斑驳的阳光　那些错落的光阴
深深浅浅　在狭窄的胡同的尽头
我们抵达"竹身青叶海棠枝"的桄榔庵
仅存的是字迹凋敝的石碑——
在深一脚浅一脚的田地
我悬然的泪　被白炽的阳光灼伤

深谙的灰　石碑收存绵长的记忆
历史绰约的影像闪现

那些屈辱　对抗　挣扎的岁月
却也安然　从容
头戴斗笠　脚着木屐　在三间茅草房前
种植桄榔的老人　他是和蔼可亲的乡邻

时光深邃　时光是一条悠远的古道
又是突然降落又升起的悬梯
一个才疏学浅的女子　庆幸千年后的来到
转身惜别　我凝视桄榔庵的上空
蓝天阔远　白云千古

登司马坡拜谒太史公

硕大的太阳走向天穹之顶

天空瓦蓝　白云浅淡　缓缓流动

此时　没有风吹

凝神处的仰望　高山仰止　在云天之际

在司马坡　在朝神道　一步步攀登

为拜谒　为千年一遇

历史浩远　时间苍茫白驹过隙

请原谅一个弱小才疏的女子

隔着世代　穿越时空　动用"千年一遇"

我也是踏千里烟波而来　在陡峭的尘世

曾在您的故事里　掩面涕泪　那混沌的

世界　您偏要泾渭分明　在帝王的威仪下

在奸诈的叵测里　傲然的风骨　从不畏惧死亡

"人固有一死，或重于泰山，或轻于鸿毛。"

屈辱与悲愤　萧瑟的严冬寒凉刺骨

在腐刑的渊薮　默然前行

只为成就"史书"的夙愿　担当起天赐的使命

还历史以历史　还真相以真相

烛照千秋万代

苍茫的世世代代啊　以实录　以细节

洋洋洒洒的五十二万余言　收存浩荡的烟波与风云

纪录史册的人　谁说您于掷笔处下落不明？

您在耸入云霄的巅峰——"通古今之变，穷天人之际"

在司马迁祠　我看到一株树　把自己置于

绝壁　而那倔强的傲然风姿

没有什么可动摇　可摧毁

过富春江，拜谒黄公望先生

这是对远古的眺望
是缥缈　游移的梦境
是传奇　是神话
而它们来到我的身边时　又是多么强大
可以用鼓动的风　推动的力
来比拟——
是的　那强大的气息一次又一次
让我鼓起勇气　眺望更远

先生　当中年的我拿起画笔
在画布上描摹　习练搬运术
寻觅儿时的那个绵长的梦境
您就是我的精神导师
——隐逸的风骨　执着的痴迷　倾情的投入
包括前半生的动荡坎坷
都在勉励我　敦促我

此时　我已在您的传奇画卷中
峰峦叠嶂　千秋万壑　奇谲深妙
长波浩荡　婉约飘逸　高邈纤柔
随富春江水的奔流　而展卷　而飘动

这隽永的长廊　这落入人间的仙境
都在您　描画　晕染
精微与旷达的挥毫中

先生　我在您的画中探望　凝眸
追思　感怀　静默无语
风吹我长发飘动　红衣翩然
可是闯入　这碧翠山水画卷中的神来一笔？

富春江上

雨止息　轻纱幔帐退去
富春山水　现出真容
注定这是一次穿越时空的汇合
船行富春江上　画轴转动
流传千古的迷人画卷　徐徐打开
我们每一个　都是丹青水墨的画中人

我站在船头眺望林茂丰润的远山重叠
低头凝视被犁开的碧绿清波
江水翻涌起洁白剔透的浪花
白云千古　流水渊远
在这千古唱和的山水间　谁能不惊喜　惊艳中
怀有景仰　谦卑与恭敬

轻舟远帆　流水潺湲
那踏歌而来的李白　王维　白居易　孟浩然
杜牧　崔颢　孟郊　岑参　韦庄
还有　还有　待我一一辨识
哪一位　不是我们仰望的诗神
谁又能否定
在身体的文脉中　流淌的不是他们的血液

这历史的汇合相约太久　这穿越的长廊深邃迷人
需要我　按住跳动的心房
用屏息来感受　用凝神来谛听
船过七里濑　歌声纷叠　如约交错
这养育高洁风骨　浩然正气
承载隐逸之情的富春江
也渡　失意　迷茫　困顿　忧伤
这天造地设的博大疗养院　青松　香樟　修竹　流水
给出的清幽　安谧
每吸一口气　都是安抚的良药

过七里濑　见古树苍劲　巨大的臂膀蔓延青葱的润泽
圣人的钓台于此　斗笠　竹竿于此
隐逸的风骨于此
严先生于此——
景仰的目光于此　释然的情怀于此
超然旷达于此
我们拜谒
——高山流水　历史长卷于此

别富春山

终是要别离

隔着千年的历史　又隔着千山万水

云集而来的汇合是多么偶然

时空交错运转　却也是必然

这是一次取经之路　从我们来到凡尘

在生命中刻下　那枚胎记开始

进严子陵祠堂　我恭敬深拜

唯有清远之心的人才会真正理解

隐逸之士的那份超然　安于静谧与自在

先生　我不模仿您在水边垂钓

因为我知道您就是您　我就是我

我想李白　孟浩然　白居易　杜牧

也不模仿您在水边垂钓

满目碧绿　茂盛葳蕤的山水间

我来此　就领受了感染　笃定了信念

我是那个偏居京东一隅潮白河畔的小女子

亲自然花鸟　望远山如黛

爱流水仁善

慢慢接近真我　明晰了来到这个世界前的

那个应诺

无语别离　举步上船
唯有我拾长衣　匆匆奔向顶楼的甲板
我要把富春山水间的流水　山峦
茂林　修竹　碧玉的绿　蓊郁的绿　鹅黄的绿
以及开得正艳的杜鹃红
都细细刻画进生命里

阳光推开阴云　罅隙倾泻光芒
我眯起眼
感受天恩的福泽
起风了　吹我发丝飞扬　红衣翩翩
多么舒畅　又是多么清透
再次凝眸　眺望远方

天边云起朵朵白
我看到　每一朵云上都站着一位神仙

在秦直道，望历史苍茫

离开了这里，我还在这里
二千多年前的历史工程，世界上最早的高速公路
蒙恬监工，三十万大军修筑的壮观，由咸阳通往北境阴山

那时我是打马而过的书生，还是飞马塬上远眺浩荡人群的
匈奴女子？以至我今生来此，有深陷的迷醉。
"我要回去了"这句话一出口，是梦醒的床榻
我的灵魂回到，今世的帝都偏东
叫果园的通州一隅

"我要回去了"哪里是来，哪里又是去？
从哪里来，又到哪里去？人生如飘蓬
为的就是探寻，发现，再说出？
"我要回去了"说出这话时，我站在嵯峋上
在一个峡谷的边缘幽幽地说。我是说给谁？
说给纵陷的沟壑，沟壑里茂密的植物
它们怎么都蒙在烟雾里？

是的，我有深陷的迷醉。在咸阳
关东绵延的北山，起起伏伏
这里的辽远、苍茫、静谧、寂寥是多么好

软盈盈的黄花没有人能叫出它们的名字
蒲公英的花絮，正欲飞起，只等微风轻轻吹过
槐花正在赶往，腾跃绵延的山岭 。
我们终究是要错过的。擦肩而过，事与愿违
不过在恍惚的一瞬间——

塬、峁、嵝峪，在关中大地上驰骋
我从甘泉宫的通天台上下来，走向秦直道
正午，骄阳从头顶沐浴下来，走在空旷笔直的路上
仿佛就从西汉走到大秦，走过了苍茫
一直就可以走入大秦的辉煌
——边关辽远，四野苍苍

南起京都咸阳军事要地云阳林光宫
北至九原郡，穿越14县，800多公里的秦直道
世界独一无二，举世无双
这遗存，站立着的、湮没的，都是丰碑——
我在深陷的沟壑前凝望
尘烟、风火、疾驰的马蹄、君王的仪仗
在茂密蓬勃的植物里，纵深的沟谷间
是埋没，也是收存

秦川大地的黄土是有直立性的，历史也是直立的
风吹动，静止的事情，就行动起来
那些开得黄艳的刺玫是多么美，它们把整个沟谷
都开遍，都香透，都迷醉
在秦直道的起始处，它们把明艳、坚毅
开向天涯，举向高远

"我要回去了"我说这话时，我就站在这里
在林光宫，在野刺玫的香里，望向苍茫

在云陵，拜谒勾弋夫人

人生不过一场梦　一场虚无
而你的人生太过戏剧化　从恩宠到赐死
这陡然的降落　从天堂到地狱　比一步之遥更近的是
一个男人的念头

他宠你时　你是他心头的柔软　温良
是举世无双的美艳　你是甘泉宫的玉露　明月
是仙子飘然　天赐瑰宝
一个女人的美　最终成为把玩过气的物件
哪里比得上江山社稷的重　一个抛出去的棋子
一件牺牲品　一个女人的命太轻了
轻得在一声叹息里　香消玉殒

你的美　给你带来了一代君王的垂青
富贵荣华　恩宠在侧　你的美　也为你设置了一场祸
美是耸入云霄的天梯　也是降入地狱的悬崖
你握热的玉钩　无用了　你松开拳的那一刻
已向一个男人交付了全部的命运

我反对导游小姐的解说：
关于汉武帝与勾弋夫人凄美的爱情故事

这里只有凄　没有美　比凄还要深的是悲哀
没有什么能焐热的寒凉
那黯然　孤子的悲怆

勾弋夫人　我站在你的墓前　涕泪哽咽　颤栗的心
在飘摇　是什么尖锐地刺向心口　灵魂如杨花飞絮
我的泪水　已不是为你一个人在涌流
有什么能成为永恒　心头能保留一丝温情已是不错

甘泉宫怀古，兼致关雎

时空交错　我来时不见宫殿巍峨参差　廊庑连绵
水帘串珠　仙观缥缈　更是不见
朗日晴空　白云书卷
把远山推得更远　这里是阔大的空
万古的空

说到空　有什么就涌上心头　是谁的泪水夺出我的眼眶
有委屈　有寂寥　有千古的幽怨
有扼腕之叹息——
"氏乐未央""长乐未央""长生未央"
无边无际　无极的空

"周回十九里一百二十步，有宫十二台十一"
"宫殿楼观略与建章相比，百官皆有邸舍"
恢弘　富丽　歌舞升平　都在骤然而起的
火光中湮灭

捡拾秦砖　触摸汉瓦　又将它们轻轻放回
拍下蓝星的花　小巧的蓝托着晶亮的白芯
如同亮起小灯笼　她们如此纷繁　每一株柔钦的草上
就有无数朵　她们密集在一起是那么美

拍下紫色的豆娘　我差点就喊她们

豌豆姑娘　我不喊　因我的来到　她们也张开了

小巧的嘴巴　无论是蓝星　还是豆娘

每一朵花　都那么小　那么柔

而我知道　她们每一朵都是坚韧的

她们的与众不同　在于她们的绽放不为绽放

关雎姐　我们在大片的油菜花丛　辗转拍照

与谁的笑颜重叠　与谁的歌舞重合

此时没有风吹

只有硕大的阳光　静泊的时间

时光回转　在子午岭　在甘泉山南麓

你美入画　隐形的巨大的手笔　是描摹　不是嵌入

当我登上通天台　遥想威仪的君王在此祭天神

眺望无尽的辽阔　就把整个咸阳收揽

在挥手告别时　又把自己低入

正在绽放的　一丛明艳的刺玫

往下走　就进入了秦直道

过西沱天街　远眺流水入苍茫

来时正是中午　阳光慢慢西斜
一脚迈入云梯街　就走上了千年古道　时光湍急
时光却也缓慢　容我在这里迟缓　犹疑　辗转
与遥远的古老　与簇新的当下
相逢　相撞

我的脚印　踩踏进谁的步履　我的回眸又恰好
映现了谁的眼波　烟波浩渺　长江东去
这始于秦汉　盛于唐朝　繁于明清的老街
它将土家层层叠叠的吊脚楼　托付于一条长龙的逶迤
挂入云霄

今日阳光明亮　天空碧蓝
我不看缥缈烟云入苍穹　在巨大的空寂里
打量巴盐古道　商贾云集　在恍惚的时光里
探访　紫云宫　禹王宫　万天宫　桂花园
南城寺在面临长江的陡壁之上

我在这里凝眸　低首　在仰头看向天际时
已是百转千回　时空是多元的　倔强的青苔
沿青石阶而上　沿青石阶而下

它们柔弱的坚韧　映现背夫赶脚的负重顽强
它们记录了所有　雕刻了巴渝风骨

时光嵌入了历史　那些发生的和即将发生的
都将走入永恒　等待与即将来到的重叠再现
在西沱天街　我看到一条长龙潜在水中
给出　风平浪静　温婉旖旎
一条长龙在山脊上　逶迤腾跃　把人间的烟火
携入天庭

一个弱小的女子　却偏爱辽阔的事物
过西沱天街　在长江边远眺流水入苍茫
群山巍峨重叠　我伸手撩起长江的碧水　水花跳跃
晶莹　明亮
那一刻　也定格在万里江波之上

浅读，明长城五里墩

战火、烽燧，都湮没在了时间的深处
此时，我们看到的长城，在毛乌素沙漠中
成为沙漠的一部分。
逶迤凸显于地面的，和偶尔冒出来的
是散落，遗失的残障、断简
我们在这些逗号、句号、破折号后
画出一个又一个问号
感叹号

眼前的这个硕大的墩台，据说早于所在的长城
有长城第一墩的美誉
早已卸甲的它，固守着坚定
在风声、雨声、丽日暖阳中凝望
沉思、静默——

比它身体上生产出的茅草、荆条
更寂寥
比毛乌素沙漠上的沙棘、红柳，偶尔飞过的鸟儿
更寂寥

在统万城，眺望千年的历史

"风起统万城"
这句话被周文婷说出口的时候
一阵风吹来，吹动我手持的高高的茅草
吹动我的发丝与长长的白丝巾
我们在这里眺望1600多年前的历史
统万城，匈奴人在历史上留下的
唯一一座都城遗址

"一统天下，君临万邦"
赫连勃勃站在广袤的鄂尔多斯草原南部的乌拉素河畔
面对峰环溪绕，地势险峻的广阔山河
挥洒王者的豪迈，凌云的壮志
发岭北夷夏十万人于朔方水北、黑水之南营建都城
六年后这里耸立起威严壮阔，箭矢射不入、烽火燃不起的
大夏国都
由红柳河、纳林河，虎落、夯土城垣、马面、垛台
护城壕、铁蒺藜，筑起了的防御体系坚不可摧
而薄弱的环节在人心，脆弱在于私欲、争斗
垂危从不是来自外部的攻击，而是内乱，祸起萧墙
在赫连勃勃死去不久，君临万邦的城池被魏攻陷
辉煌荣辱仿佛都在一瞬间

此时，我们面对的大夏国都，这些白色的城池
已经被战火、烽烟、风沙侵吞成残垣断壁
像极了海潮退去
搁浅的船只，在雨吹风打中动荡、飘摇
风云叱咤、山河动容
历史一直都在变迁
所谓万代千秋，都是后人的事情

我扶着一棵榆树在断墙上眺望湮没在风沙中的城郭
凸显在地面上的逶迤城墙，似长文中的段落
更多的都是迷失、散落
一个苍老、悲戚的灵魂附上了我的身体
在我回头的一瞬，被相机捕捉、定格
霜白染上发丝，在面颊浮动，在眉睫浮动
衔住的疼痛，在嘴角垂落
嗟叹——

桐庐烟雨

雨就在这里，烟就在这里
毫不迟疑，那些散落的珠玉
倾盆而下
柔嫩丰茂的世界罩在曼妙的罗纱里

烟雨江南
不负神谕，不负向往
江南桐庐向从北方大地纷致而来的诗人
捧出了盛传千古的意象

这一夜，一切都在想象中了
富春江不远，富春山不远，景仰的先贤高士不远
曾来过这里的古诗人不远
雨打窗棂
轻纱的那面，低吟浅唱，踏雨而行

登儋阳楼

恢宏的宋式建筑，定与贬谪儋州的苏东坡有关
我们来时，刚刚落成第一次向客人敞开的儋阳楼
它是空寂的，扩大的空正待承载儋州的博物馆
陈列古往今来的历史

我却乐意享得，这空寂
空寂是丰满的羽翼，无边的思潮
空寂是静谧的天梯，直耸云霄
而云海风涌的万象，布散着天庭的信息

依栏眺望，远山挽着层峦在天际叠嶂起伏
我看到云月湖在茂盛的丛林簇拥下
以碧绿的水色正在收存宇宙万象
——天地间的事物
都在彼此的映现中

登儋阳楼望儋州，她是丰茂的美，是娇娆
波涛汹涌的是柔软，凝固静止的也是
夕阳涂抹着辉煌，闪烁的光晕
再度把我引向回廊，走向天台
风吹拂，已是衣袂飘飘

千年古盐田

大海把翻涌的浪潮，留在星罗棋布的玄武岩
结晶为岩的花朵，等待着智慧的眼眸
一场迁徙后的发现，那些勤劳的福建莆田人
成为儋耳人
开始在这里雕刻时光，创造历史
他们在石头上研磨，在大海上运笔
在海天之际，谱写篇章
而自然之神用巨大的手笔，把他们忙碌的身影
镂刻在岁月。这些创造历史的采盐人
必被历史所记载

一千二百年后，我们从森林酒店
一场疾驰而来的暴雨中
跑向阳光，跑进洋浦半岛
远道而来的人，只为探访这海之角的奇观
7300多个盐池，散布在750亩的辽阔

星罗棋布的盐池，不再是盐池
是一枚枚巨大的，或小巧的镜子
收藏着光阴的影像
仙人掌、野菠萝、古榕树、五狗卧花心

与千帆过后的舟楫，都是某个片段的背景
重复再现——安静，从容
波澜不惊

于黄河龙门，读流水舒缓

宁静，舒缓，细密的水纹织着
迟疑的时光。仿佛一切都要静止下来
世界旷大得舒朗，连同远山的连绵，它们
舒缓，从容

谁又说，那上面就是急湍的黄河呢？
它就在不远处"咆哮万里触龙门"
而我偏要说，这是静息的时光将柔软的丝绸铺在了
天地间。只是风不停地，微微地吹

这静泊的、凝滞的水流
恍然间，也让人穿越千古，穿越多维的空间
当长长的丝巾在我的手中，飘成云霞
我又是代谁一舞，长歌无言？

禹门春浪，天堑龙门，禹斧崩凿的巨响
在秦晋大峡谷——
浊浪排空，烟波浩荡
那些跳过龙门的鲤鱼，又将自己
沉潜在淼远的苍茫里

在韩城，如一只飞鸟倏忽间经过

在这里，拾取的都是斑驳的事物
秦砖汉瓦、飞檐翘角、讲究的门楣、气派的牌楼
黄的琉璃、绿的瓦、惟妙惟肖的壁雕
在槐花的芬芳中，传递风雅

我有三分恍惚、四分迷离，剩下三分是迟疑
精巧的窗棂，明晃晃的阳光，一伸手触摸到的
是时光的缜密

笑逐颜开，我们以统一的身份在这里
驻足，凝望
在一个又一个的门前、檐下
有拍不够的风景
欢愉、喜悦，仿佛是潜伏已久的河流
一经打开就哗啦啦地奔涌

难道这里是我们眷念的前世故园？
诗人三色堇、关雎
谁是我的表姐，我是谁的表妹
那个叫奥尔加的俄罗斯姑娘，今世她跑得可够远

当相机把我们的快乐定格在一瞬间

一切就已成为过去，和绿树、红灯笼、古旧的房屋

一起嵌入岁月的深巷

一群来发现美、探寻美的人

在欲掀开被遮蔽的隐秘的事物前

也陷入了又一轮的覆盖

灰墙映着红艳如花的字体：韩城古城

我抬头，发现在同一个地点，于有限的时间

出现三次——疑惑陷入了一场梦

而我们终将是匆匆过客，如一只飞鸟倏忽间经过

在韩城文庙，屏息静观

仰望着"道冠古今""德配天地"
思忖间进了文庙
雕梁画栋、飞檐翘角、石栏、月台
站在古朴的建筑，苍劲的柏树下
凝重，使我屏住了呼吸

"师道尊严"，我的崇敬，瞬间回到小儿童的
胆怯与慌张。多想跪下来，却又匆匆转身
尊经阁把眺望的视线放得辽阔
此时的韩城、上古的韩城、绵延的韩城
尽在 8100 平方米的照耀里

再回首，我看见五子登科的古柏
飞龙云翔，马嘶奔腾，孔雀抖开了绚丽的彩屏

溥彼韩城

欲罢不能。我这样说时，是在北京偏东一隅
对着一湾的水发呆。
有什么还紧紧地拽着，神思深陷韩城
睡梦是韩城，梦醒的一刻大脑跳出的是
——溥彼韩城

这个"迁生龙门"，风骨傲然
诞生史圣的韩城。这个大禹治水
鲤鱼跳龙门，跳入神话的韩城。
东出梁山濩水潺潺、东注黄河的韩城。
自古尊儒尚孔、崇文重教，出过两朝状元、三朝宰相
四代世家、父子御史、祖孙巡抚……的韩城
明清建筑依然保留完好的古城韩城。
自古兵家争夺之地，由此跃龙门的韩城。
我来时，槐花拥着城郭的韩城。
行走在文庙，我说出：
周边新的建筑太高了，破了风水的韩城。

而我终是匆匆过客。
有心无足以敏思，有腿不能走遍，有手无法一一触摸
的韩城。一定还需要我说出什么，又一时

道不出来的韩城

从《诗经》而来的韩城

探访潇贺古道

"西风、古道、瘦马"
我的大脑闪跳出这三个词，混沌的事物似乎
清晰起来。
在岔山村古镇的青石板上行走，就是走在
古老、狭长的隧道
我们要探访的是久远的历史
去搬动岁月往复的积压、重叠

瑶族风雨桥、寂寥的戏台、旧居老屋
砖头、石器、苍老的树木，都是我们翻动的
书页——
那些湮没的、喑哑的、沉寂的
都在潇贺古道，发出声音。

是什么借助苔藓、紫罗兰，在斑驳的墙体上
探出头来回眸，侧目
伸展婀娜。我听见曼妙的声音
如丝竹、锦缎之经久
我看见烽烟、战火
疾驰的马蹄。古道、长亭，它的跌宕
起伏，从秦时明月、汉时关

蔓延进，今天的一带一路
这古老的海陆丝绸之路，这崭新的海陆丝绸之路
是多么浩荡的贯穿与绵延

前路漫漫，历史磅礴，未来是多么令人期待
当我从古道、山林，折返回岔山村
再次看到在树阴下卖杨梅的老人，在巷道中玩耍的孩子
都觉得他们是故人。
我伸手触摸斑驳的墙，触摸时光的记忆
油茶、梭子粑粑、剔透如水晶的凉粉
依然是旧年的味道

在讷殷古城

原始、古朴，携带着扑面而来的
神秘气息
讷殷古城出现在我的视野时
季节的秋天盛装华袍锦缎，那些绚丽的色彩
迷乱着双眼。我看见
笔直劲道的美人松，努力把天空举得更高

讷殷古城，走近你就走近了一个民族的历史
探访，倾听，起源与发展
静谧啊，岁月虚掩的门
一旦被推开，就听见了战鼓、风雷、厮杀之声
那激战109天的烽火，在大雪纷飞中拉开序幕
又在白雪皑皑中改朝换代

努尔哈赤征服后的讷殷古城被编入镶白旗
九泉下的月儿格格，面对威猛、雄壮、成者王侯的
心上人，和败者为寇九泉相见的父亲
她是喜悦、疼痛、愤恨？ 这剧烈的冲突
戏剧性的变换，这命运里的安排
充满了悖论与荒诞
——安置在一个豆蔻年华少女的

命中，跌宕的沉浮是多么令人撕心裂肺

我站在紧紧相依的思努树下听凄美的传说
叩问："爱情为何物？"而那爱情中的
喜悦、甜蜜与忧伤、疼痛，就顺着摇动的千金榆
飘落一地，也飘落在我的身体里

在讷殷古城博物馆，我目睹了
在思努树下出土的一块讷殷玉石
是努尔哈赤用百年人参换来的
送给心上人的定情信物
哦，信物还在，小月儿殉情，长情思念生长出的树
已参天——
它们历经了百年、千年，还会亿万年

我是大自然的信徒

心怀虔诚，在历经三次火山喷发
而今依然巍然屹立
粗壮、参天的神树下转三圈
我默默地念着：阿不卡恩都里天神
想着女真先人顺着树干来到长白山的情景
满族波澜壮阔的历史，就在古老的讷殷江上
涌来——
光芒涌现在每一枚闪烁的叶片上

讷殷古城，三江于此交汇
站在桥上，眺望波澜不惊的水面
静静地感受，来自鸭绿江、松花江、图们江的
浩荡能量。在我的生命中
又注入漫江、锦江，两条新的河流

我是大自然的信徒，笃定信仰万物有灵
爱自然，亲近自然
在花草树木、山河大地中，读着悲喜
感受着欢欣、疼痛
人们匆匆走过时，我依然虔诚地跪拜在
长白山神面前——

汇报我来到,我探访
我来领受大自然的恩慈

至于萨满文化,我这个蒙古人的血统中
一直流淌着它的元素

图书在版编目（ＣＩＰ）数据

　风吹草低 / 娜仁琪琪格著. -- 武汉：长江文艺出
版社，2019.11
　　ISBN 978-7-5702-1197-5

　　Ⅰ.①风… Ⅱ.①娜… Ⅲ.①诗集 - 中国—当代
Ⅳ.①I227

　中国版本图书馆CIP数据核字(2019)第170932号

责任编辑：谈　骁　　　　　责任校对：毛　娟
封面设计：苏笑嫣　　　　　责任印制：邱　莉　王光兴

出版：　长江出版传媒　　　长江文艺出版社
地址：武汉市雄楚大街268号　　邮编：430070
发行：长江文艺出版社
http://www.cjlap.com
印刷：三河市宏顺兴印刷有限公司

开本：640毫米×970毫米　　1/16　印张：16　插页：2页
版次：2019年11月第1版　　　2019年11月第1次印刷
行数：4320行

定价：48.00元